Fais pas tout foirer, James Becker

Directeur éditorial: David Sénéchal
Chargée de projet: Valérie De Marchi
Couverture et mise en pages: Bruno Lamoureux
Illustration de la couverture: Bruno Lamoureux

Catalogage avant publication de Bibliothèque et Archives nationales du Québec et Bibliothèque et Archives Canada
Titre: Fais pas tout foirer, James Becker / François Ulrich.
Noms: Ulrich, François, 1969- auteur.
Identifiants: Canadiana (livre imprimé) 20230052037 | Canadiana (livre numérique) 20230052045 | ISBN 9782762145526 | ISBN 9782762144901 (EPUB) | ISBN 9782762144918 (PDF)
Classification: LCC PS8641.L74 F35 2023 | CDD C843/.6 — dc23

Dépôt légal: 1er trimestre 2023
Bibliothèque et Archives nationales du Québec
© Groupe Fides inc., 2023

La maison d'édition reconnaît l'aide financière du gouvernement du Canada par l'entremise du Fonds du livre du Canada pour ses activités d'édition. La maison d'édition remercie de leur soutien financier le Conseil des arts du Canada et la Société de développement des entreprises culturelles du Québec (SODEC). La maison d'édition bénéficie du Programme de crédit d'impôt pour l'édition de livres du gouvernement du Québec, géré par la SODEC.

IMPRIMÉ AU CANADA EN MARS 2023

FRANÇOIS ULRICH

Fais pas tout foirer, James Becker

Fides

À tous les profs qui m'ont appris à écrire

La photographie est l'obscénité par excellence, un acte d'amour furtif, une histoire, un roman à la première personne.

— Nobuyoshi Araki

1

Parc national de la forêt de Muir, Californie

Plus de vingt mille images s'ajoutent à la grande photothèque de l'humanité chaque seconde. Des paysages féeriques, des chats féeriques, des fesses féeriques. La plupart de ces photos passent inaperçues et sont condamnées à sommeiller dans le quatrième sous-sol de notre mémoire collective. Mais quelques-unes parviennent à franchir le mur de l'indifférence pour se hisser, le temps d'une seconde, à la une de l'actualité ou des potins du jour. Celles qui racontent, celles qui choquent, celles qui crient. Et celles qui vendent.

James ne sait rien encore, parce qu'il se trouve dans la forêt de Muir, à une heure au nord de San Francisco, en train de photographier un mannequin canadien dont le blouson en faux-vieux mouton — l'objet à vendre — s'ouvre négligemment sur des pectoraux taillés pour plaire. Il ne sait pas que sa mère s'est effondrée en sortant de sa maison de Malcourt-en-Meuse, petit village de l'est de la France, avec son cabas au bras et son vrai-vieux manteau de laine noir sur le dos.

Bien sûr, James va finir par l'apprendre. Le facteur sera le premier à découvrir la vieille dame affalée devant le massif d'hortensias tristement fanés en cette saison et encore brillants de givre. Il appellera la gendarmerie, qui déléguera le médecin, qui avertira le notaire, qui chargera sa clergesse de contacter l'héritier, un enfant du village qui a quitté le village, comme tous les autres. Sauf que celui-là est allé plus loin que les autres, en Amérique. Ça, dans le patelin, personne ne l'ignore. Mais personne n'en sait davantage non plus.

Consciencieuse, la clergesse consultera les archives du cabinet, puis les bases de données nationales, puis Google, parce qu'on finit toujours par googler ce qu'on cherche, un livre rare qu'on ne lira jamais, une friteuse sans odeur, un hôtel boutique bien branché bien situé bien tripadvisé, un amant cinq étoiles pour garnir ladite chambre d'hôtel et, dans le cas présent, un descendant. En tapant le nom de James Becker, elle tombera sur un site Web glamour à souhait, garni de sylphides à la taille zéro et de beaux gosses épilés de la barbe à la queue. Les yeux pleins d'étoiles, la clergesse composera le numéro en Californie avec l'impression d'appeler une vedette d'Hollywood et, de son anglais de collégienne au lourd accent français, laissera un message téléphonique beaucoup trop long selon les standards nord-américains.

Grâce à la magie du décalage horaire, la nouvelle atterrira neuf heures plus tôt dans l'oreille ornée de sept piercings d'un réceptionniste de San Francisco qui lèvera les yeux au ciel parce qu'un décès si tôt le matin, c'est assez pour faire tourner le lait de son cappuccino au caramel saupoudré de brisures d'Oreo. Quelques soupirs plus tard, il se résignera néanmoins à appeler Nathan, l'assistant de James. Comme son titre l'indique, celui-ci est justement en train d'assister James au cours d'une séance photo laborieuse, dans le parc national de Muir, une forêt de silence connue pour ses séquoias millénaires et ses brumes matutinales parfaitement photogéniques. Tout l'inverse de l'éphèbe canadien, à qui la lumière du petit jour ne réussit pas du tout.

Sur les maquettes fournies par l'agence de publicité, un homme à la virilité sauvage, bûcheron tout droit sorti du 19e siècle, pousse un arbre de toute sa hargne, comme s'il voulait le déraciner à mains nues. Il est l'Homme absolu, sans hache mais avec un H majuscule, le viking urbain à la recherche du moi primal, un corps brut à qui le blouson hors de prix confère un soupçon de délicatesse et de charme. Mais ce que James voit dans la mire de son Hasselblad, c'est un jouvenceau de salon, carré, certes, musclé, certes, mais terriblement domestiqué, un pur produit de la révolution métro-pan-über-sexuelle, un étudiant gentillet-mignonnet-benêt qui s'appuie timidement sur le tronc d'un conifère comme s'il attendait l'autobus.

— On y est presque, soupire le photographe.

Ce qu'il voudrait dire, c'est que ça ne fonctionne pas du tout, que la veste *made in Bangladesh* fait bon marché, que le mannequin est une erreur de casting, que le concept de la pub est éculé, que ce contrat de mode, aussi juteux soit-il, est indigne de son talent et de l'idée qu'il se fait d'une carrière d'artiste.

— Comment s'appelait ton pire ennemi au collège? demande-t-il au jouvenceau dans une tentative de raviver une haine passée, une douleur ou, du moins, le souvenir d'une quelconque tension intérieure.

— J'avais pas d'ennemi. C'était cool.

C'est ça, le problème. Comment faire naître la moindre étincelle de bestialité dans les yeux d'un garçon pour qui les potes, la marijuana, les tatouages, les Martiens, la réalité virtuelle, les voitures électriques, la libération de la femme, Martin Luther King et Harry Potter sont simplement et indistinctement cool? Comme si ces quatre lettres avaient le pouvoir d'absorber les aspérités du monde et de fondre tous les émois de l'existence dans un magma rose-bonbon-acidulé-goût-fraise.

James ne s'affole pas. En trente ans de métier, il en a vu des plus coriaces. Pour exciter le système nerveux apathique du jeune homme, il demande à Nathan d'envoyer du rock lourd aux accords métalliques. À plein volume, dans la forêt. Les séquoias frémissent, mais pas le mannequin, toujours figé dans son professionnalisme de puceau. La tête collée au viseur de son appareil photo, James lui débite alors des histoires d'horreur tirées du quotidien, des faits divers abjects et sanglants. Rien. Il élève la voix, fait mine de se fâcher, jure agressivement. Rien. Il raconte des blagues salées, poivrées, épicées. Rien. Il flatte l'ego du jeune homme, vante sa musculature et son charisme abdominal. Rien.

Dans les tentes de la production, à une vingtaine de mètres de là, le représentant de la marque de blousons et la chargée de comptes de l'agence de pub se sont levés. Ils voient bien que la mayonnaise ne prend pas. Dans une minute ou deux, ils vont vouloir se rapprocher, comprendre ce qui se passe, mettre leur grain de sel — ou de sable. James doit prendre les devants.

Il cherche Nathan du regard, mais l'assistant est au téléphone.

— Nath, qu'est-ce que tu fous ? Lâche ton *cell*, j'ai besoin de toi. Tu vois bien que ce n'est pas le moment.

— C'est ta mère...
— Quoi, ma mère ? Ça fait des années qu'on ne s'est pas parlé. Elle peut attendre une heure de plus. Raccroche et viens ici, on passe au plan B, ça presse.

Nathan ravale sa salive et sa nouvelle, et s'exécute. Après leur conciliabule, James déplace légèrement le trépied de son appareil et fixe intensément le mannequin dans les yeux.

— Tu vas pousser cet arbre comme si ta vie et celle des êtres que tu aimes le plus en dépendaient, ta mère, ton père, ton poisson rouge. D'ailleurs, ce n'est plus un arbre. C'est une porte. La porte du cockpit de l'avion. Tu visualises ? Derrière cette porte, il y a un terroriste qui menace le pilote, un fou qui rêve d'un feu d'artifice en plein ciel et qui s'apprête à sacrifier deux cents passagers, d'un coup, paf, comme ça, gratuitement, au nom de rien. Il n'invoque même pas un dieu ou une cause, tu vois, il n'est guidé que par sa démence. Tu es le seul dans l'avion qui a la force de le mater. Tu es le seul qui puisse enfoncer cette foutue porte, alors vas-y, ne réfléchis pas, lance-toi, lance l'attaque, tu ne veux pas mourir, tu ne veux pas que ta mère crève, laisse exploser cette rage de vivre, canalise ta colère, je veux que tu cries, un cri de rage, un cri de haine, un cri de guerre qui te secoue les tripes et te brûle la gorge, je veux que tu te déchires la mâchoire, tu n'as plus que quelques secondes pour agir, c'est maintenant, tu sens ta force décupler, tu es un taureau que rien ne peut arrêter, tu es un bélier, tu frappes...

Tout en éperonnant verbalement le jeune homme, James s'est replongé dans la mire de son appareil et il mitraille. À chaque mot, une photo. Il ne s'interrompt pas lorsque Nathan émet un léger sifflement, il continue d'exhorter le mannequin et d'enflammer ses sens. À un moment, il fait un petit signe de la main gauche. Dans la seconde, le puissant jet d'eau d'une lance à incendie s'abat sur le Canadien et le propulse vers le séquoia. Dans la surprise, par réflexe, celui-ci tend les bras pour se retenir, pour survivre à cet assaut, à cette traîtrise, pour résister et ne pas s'écraser contre l'écorce rouge et rugueuse. Furieux, il tourne la tête vers James, il hurle, il l'insulte, et à cet instant précis, qui ne dure peut-être qu'une demi-seconde, oui, à cet instant précis, il a dans son regard l'envie de tuer et, dans son corps, l'énergie de déraciner un arbre de soixante mètres de haut.

Pendant qu'on sèche le héros malgré lui de cette scène brutale, James étudie la série de clichés sur les écrans installés dans la zone technique. Le producteur, le client, le directeur artistique, la chargée de comptes, le maquilleur, la styliste, tout ce petit monde désormais rassuré pérore à qui mieux

mieux et encense le photographe à grand renfort de superlatifs absolutissimes. Mais James ne se laisse pas déconcentrer par ce verbiage, il analyse la lumière, la netteté et le reflet des émotions qui ont transformé le faciès d'un angelot en un visage féroce et une pub inepte en une histoire crédible. Il désigne trois photos, au client de faire le choix final. Sa mission à lui s'arrête ici. Il cherche le mannequin des yeux pour le saluer et s'excuser, c'est le seul à qui il a envie de dire au revoir, mais Nathan lui met la main sur l'épaule.

— James, il faut que je te parle.

Voilà, c'est comme ça, en pleine forêt et en plein brouhaha publicitaire, alors que l'adrénaline du shooting n'est pas encore dissipée, que James apprend la mort de sa mère. Il ne montrera aucun signe de tristesse ou d'affliction. Pas par pudeur, mais parce qu'il s'en fiche un peu, éperdument, à la folie. La seule chose qui le préoccupe en ce moment, c'est qu'il a les pieds mouillés.

2

Malcourt-en-Meuse, France

Range ta chambre. Lave-toi les mains. Sois sage. Sois humble. Sois raisonnable. Fais tes devoirs. Fais ton lit. Mieux que ça.
Elle n'a jamais été une mère tendre. Présente, oui. Responsable, sans aucun doute. Mais tendre, jamais. S'appuyant sur la philosophie de l'impatience et les vertus de la réprimande, elle a éduqué son fils comme on dresse un chien, à coup de phrases courtes et de regards menaçants. Les récompenses en moins.
Ne reste pas dans mes jambes. Va jouer dehors. Tu m'énerves. Va prendre l'air.
À chacune de ses phrases, il manquait le point d'exclamation qui donne à l'autorité d'un ordre le ton complice d'une mère.

Alors James est allé prendre l'air, pendant plus de trente ans.

Aujourd'hui, la maison de Malcourt-en-Meuse célèbre à sa façon le retour du fils pas si prodigue que ça : volets fermés, porte close, murs dégoulinants d'humidité. C'est clair, elle lui fait la gueule, elle le menace même du haut de ses deux étages. « Ah, te voilà enfin, toi l'ingrat, le fuyard, le lâche. Approche si tu l'oses. » Pour un peu, elle laisserait échapper une tuile du toit pour lui faire baisser la tête. « Sois humble. »

Il s'arrête sur le palier du perron pour s'essuyer les pieds sur le paillasson, consciencieusement, nerveusement, compulsivement. Chaque semelle d'abord, la droite, puis la gauche, la droite encore, et la gauche à nouveau, les côtés ensuite, et vas-y que je frotte et refrotte. Comme avant, quand sa mère le lui ordonnait. Il se voit faire, rigole, recule d'un pas et fixe la porte en bois derrière laquelle l'attend son enfance, en embuscade, avec ses souvenirs alignés en bataillons serrés, ses sentiments, la baïonnette au fusil, et sa rancœur, prête à faire feu sur tout ce qui bouge.

Pour ne pas être en première ligne, chair à canon d'une armée d'émotions zombifiées, il sort son téléphone, active l'appareil photo et le place devant lui, à hauteur des yeux, comme un crucifix brandi pour affronter le diable. Puis il tourne la poignée et pénètre dans l'ombre de son ancienne vie, bras tendu. *Vade retro satana.*

— Vous voilà enfin!

Finalement, ce n'est pas son passé qui lui tombe dessus, mais un petit paquet de nerfs huileux et poilu. Costume marron, grosse tignasse frisée, barbe épaisse taillée à la tronçonneuse, front luisant et regard perçant.

— Je suis maître Demont, le notaire de votre maman. Je vous attendais. À vrai dire, j'attends depuis un moment déjà, je n'avais pas l'heure d'arrivée de votre train, vous êtes venu en train, n'est-ce pas? Alors je me suis dit... Enfin peu importe, vous êtes là, après toutes ces années, ça doit vous faire drôle. Pas trop fatigué du voyage? Remarquez, à nous aussi ça fait tout drôle de vous voir, je dis *nous*, c'est un village ici, on croisait votre mère toujours seule, on a fini par oublier qu'elle avait un fils.

James n'écoute pas. Précédé par son téléphone, le bras tendu comme s'il avançait à tâtons dans le néant, il déambule et observe à travers le petit écran les distorsions du temps sur ses souvenirs. À gauche, la cuisine qu'il a toujours trouvée ringarde est devenue vintage, presque jolie. Pure relique des années 1950, le formica y règne en maître absolu, soutenu dans son authenticité par un frigo tout en rondeur à grosse poignée chromée, un ouvre-boîte électrique fixé au mur et un sac à pain en toile écrue, accroché à un clou et d'où dépasse une baguette.

Il pose sa main sur la table, ferme les yeux. Il espère que de petites bulles de bonheur vont venir le percuter comme des phylactères débordant de «Ha ha!» et de «Miam miam!». Il veut toucher la farine qu'on étale pour préparer le pain d'épice, les miettes qui traînent après le goûter, les cartes à jouer étalées en crapette. Mais ce ne sont pas ces souvenirs-là qui l'assaillent.

Surveille ton langage. Ta dictée est truffée de fautes. Tu écris comme un cochon. Tu es un souillon. Qu'est-ce que je vais faire de toi?

Aucun filtre photo ne saurait adoucir l'empreinte de ces canonnades quotidiennes tirées par une intraitable «mèresse d'école».

— Tout a été si brusque. D'après le médecin, elle n'a pas souffert. C'est la mort qu'on souhaite tous, tomber comme ça, d'un coup net, le bonheur. Enfin, façon de parler. Vous allez dormir ici ou je vous réserve une chambre à l'hôtel du Commerce? C'est sûr que ce n'est pas le grand luxe, nous ne sommes pas en Amérique, hein. Ça marche bien là-bas? Vous êtes dans la mode, c'est bien ça? Vous me direz si vous pensez garder la maison. Vous êtes un résident fiscal des États-Unis j'imagine, il me faudra une preuve, pour les impôts.

Affublé de ce notaire pot de colle qui l'étouffe avec son babillage, James s'enfonce dans la maison, téléphone devant le visage. À droite, le salon qui n'a jamais été un salon, malgré ses fauteuils, ses poufs et ses coussins. C'est là qu'elle s'isolait le soir après le dîner monacal, là qu'elle travaillait et sévissait. Il la revoit assise à son secrétaire avec son crayon rouge à la main, toujours le même, un modèle vieux comme le monde. Coque criarde en plastique écarlate, clip serré prêt à pincer n'importe quoi et n'importe qui, pointe en feutre biseautée, parfaite pour écrire avec souplesse des remarques assassines. Elle était tout le temps en train de corriger. Les copies de ses élèves, bien sûr, c'était son métier. Et son fils. Ça, corriger son fils, c'était sa grande passion, son ministère. Tout y passait: les devoirs, les plans de pirate pour trouver le trésor, les petits mots qu'il préparait pour la fête des Mères, ses moindres élans, ses émotions. Tout était analysé, raturé et sévèrement rejeté. À tel point qu'il a fini par ne plus écrire. Il est devenu photographe. Et il ne corrige aucune de ses photos.

— Où est-elle? demande-t-il à Demont en baissant son téléphone.

— Aux pompes funèbres, monsieur Becker! Ça fait longtemps qu'on ne veille plus les morts à la maison. D'ailleurs, pour l'enterrement, je me suis permis de prendre les devants. La messe sera vendredi...

— Vendredi dans cinq jours ? C'est une blague ? Et pourquoi pas à Pâques, tant qu'on y est ?

— Le curé ne peut pas avant. En cette saison, les vieux tombent comme des mouches, il faut presque faire la queue pour avoir les derniers sacrements.

— Je ne suis pas du genre à faire la queue. Il n'y a qu'à zapper l'église. De toute façon, ce n'était pas une grenouille de bénitier. Ni une sainte, soit dit en passant.

— Vous ne pouvez pas faire ça. On l'aimait beaucoup votre maman, toujours un petit mot gentil, et tellement dévouée. Il lui faut une messe, tout le village sera là. Vous savez que c'est elle qui a chapeauté le comité pour le nouveau monument aux morts ? Vous verrez, c'est un obélisque magnifique, juste en face de l'église, tout en granit rose avec des lignes...

Freddy Mercury s'invite soudain dans la conversation avec *We Are the Champions* qui fait danser le téléphone de James. Celui-ci se presse de répondre, trop content d'échapper à la diarrhée verbale du notaire.

— Putain, Nathan, tu tombes bien ! J'ai une question existentielle pour toi : tu aimes le granit rose ? demande-t-il en se moquant ostensiblement de Demont dont il sent l'encombrante présence derrière lui.

— Euh... Je sais pas... T'es en train de choisir la pierre tombale de ta mère?

— Non, la mienne! Je vais mourir si je reste ici une journée de plus.

— Désolé, James, et toutes mes condoléances pour ta maman... T'es parti si vite, j'ai pas eu le temps de te le dire.

— T'en fais pas. Elle et moi, ce n'était pas l'amour fou. Tu as pu annuler le shooting Calvin Klein?

— Mieux que ça, j'ai appelé Alison et on a mis Sharon sur le coup. Elle sera à Miami demain. Les producteurs ont grimacé trois minutes, pour le principe, mais une photographe spécialisée en taxidermie, ils ont pas résisté. Alison leur a vendu l'idée de l'éternité, ils ont mordu, trop concept. En revanche, pour le projet du musée, c'est plus... compliqué. Appelle-les si t'as deux minutes. Dis, James, ça va?

— J'irai mieux quand je serai dans l'avion du retour. Tout est si lent ici, si banal, si... brun, répond James en détaillant le notaire de la tête aux pieds.

— Alors vas-y pour le granit rose. Rose et marron, ça peut marcher!

— Quant à moi, il n'y aurait pas de pierre du tout. Juste un bouquet d'orties.

Il raccroche et s'aperçoit que le notaire ne l'a pas quitté des yeux, qu'il fait tambouriner ses ongles sur la rampe de l'escalier, de l'auriculaire à l'index, à un rythme beaucoup trop régulier pour être simplement flegmatique.

— Monsieur Becker, désolé d'insister, il va falloir agir. Les pompes funèbres attendent une tenue pour habiller la dépouille. Moi, j'attends que vous preniez des décisions. Tout le monde vous attend depuis une semaine. Et vous, vous débarquez comme une fleur avec vos airs de Yankee et vos mimiques de star. Votre maman était une femme exemplaire qui s'est sacrifiée pour vous. Elle vous a élevé toute seule, à une époque beaucoup moins tolérante que la nôtre! Alors vous allez me ranger votre téléphone et vos sarcasmes. À partir de maintenant, c'est profil bas et mine contrite. Madame Becker a droit à des obsèques dignes. Et à un fils digne.

James n'est pas dupe. Derrière le réquisitoire du notaire, c'est tout un village qui se lève pour défendre la mémoire de la sainte Madame Becker. Tout en montant l'escalier, avec Demont à ses trousses, il prépare sa réplique.

— Dites-moi, maître, vous parlez toujours en paragraphes entiers? Je suis ravi que ma mère vous laisse le souvenir touchant d'une petite vieille souriante au parfum fleuri.

Arrivé sur le palier, il pousse la porte de la chambre. Le sanctuaire maternel n'a rien perdu de sa superbe... du siècle passé. Il se souvient de tout, même s'il l'a peu fréquenté. Du moins, officiellement. Parfois, lorsqu'elle était retenue à l'école pour rencontrer des parents d'élèves ou pour siéger au tribunal trimestriel des bulletins, il se glissait dans la pièce et fouinait. Les tiroirs de la commode, les étagères de l'armoire lorraine, les dessous du matelas. Il ne cherchait rien en particulier. Et il ne trouvait rien de particulier. Pas de lingerie osée, pas de boîte à secrets, pas de lettres sulfureuses. Rien qui pût servir d'indice à une quête d'enfant ou à une enquête d'adolescent. Juste pour ça, il lui en voulait. La vie de sa mère demeurait un désert bien rangé, une *terra incognita* complètement plate.

— Brrr, on gèle ici! Elle a coupé le chauffage ou quoi? Remarquez, il a toujours fait glacial dans cette maison.

— Elle avait le cœur chaud.

— Le cœur chaud? Vraiment? Vous savez que je n'avais jamais le droit d'entrer dans sa chambre?

— Comme la plupart des parents, elle protégeait son intimité.

— La plupart des parents aiment leurs enfants.

— Voyons, monsieur Becker, vous...

— Je quoi? J'exagère, c'est ça? Une fois, une seule fois j'ai pu dormir avec elle dans ce lit. Le chauffage était en panne. Je me souviens, elle m'avait lu *L'Appel de la forêt*, je me collais à elle, je voulais profiter de chaque seconde. Je me suis endormi à un moment donné, juste avant que le chien du livre ne revienne à l'état sauvage, poussé par la cruauté des hommes. Il se retourne et plonge dans le regard du notaire.

— Le lendemain, je me suis réveillé seul et frigorifié. Ma mère avait déménagé dans une autre chambre durant la nuit, comme si elle avait retrouvé elle aussi son instinct naturel: distant. C'est ça que vous appelez un cœur chaud? Alors soyez gentil, maître, occupez-vous des papiers, et moi je vais m'occuper de ma dignité, OK?

Sur ce, il ouvre l'armoire et décroche au hasard, à la hâte, des vêtements qu'il n'a jamais vus, qui n'évoquent rien, comme il choisirait des chaussettes dans le bac des soldes d'un grand magasin, et les pose en tas dans les bras du notaire, qui reste bouche bée, parce que dans son métier, c'est toujours lui qui a le dernier mot d'habitude.

Mais ça, James s'en fiche comme de sa première chemise. Juste avant de quitter la chambre, il aperçoit sur la table de nuit un crayon rouge qui traîne sur un journal méticuleusement plié en quatre. Non, en fait, le crayon ne traîne pas, il trône. James s'en empare et redescend en courant pour fuir cette maison qui sent le passé et l'humidité à plein nez.

Il entend sans l'écouter maître Demont qui vocifère dans l'escalier.

— Attendez, vous ne pouvez pas partir comme ça. Il me faut... il *lui* faut... des sous-vêtements! On ne peut pas l'enterrer sans sous-vêtements.

Mais l'appel de la culotte se perd dans les hortensias.

Elle est là et elle l'attend, froidement, dans son cercueil, les mains le long du corps. Ne lui manque que l'auréole. Malgré le maquillage qu'il trouve grossier — il est habitué à plus subtil sur les plateaux —, elle a le visage terriblement crispé. Elle a vieilli, bien sûr, c'est inévitable, soixante-treize ans quand même, ça vous fait tomber les paupières au genou, mais cette raideur dans les traits n'a rien à voir avec l'âge. Ni avec la mort, d'ailleurs.

Il ne peut s'empêcher de penser à Anna, son amie de San Francisco décédée l'an dernier. Elle habitait à deux rues de chez lui, avait épousé deux hommes, élevé deux enfants et combattu deux cancers. Un troisième avait eu raison de sa vie, mais pas de sa joie de vivre. Elle s'était éteinte sereine, et lors de l'exposition du corps au salon funéraire, elle était déguisée en hippie, tunique criarde, collier de fleurs et joint inclus. Elle affichait la mine réjouie de ceux qui ont gagné leur ciel. En comparaison, sa mère a l'air d'avoir perdu son âme. Elle a la mort sévère.

Et cette bouche! Toujours aussi pincée, tranchante, prête à aboyer. James devrait s'approcher, se recueillir, embrasser ce visage, s'agenouiller, prier, pardonner. Il devrait, mais il ne peut pas. En fait, il doit retenir ses mains qui ont envie de tout renverser, de bousculer cette mise en scène fausse et faussée. Il serre et desserre les poings, se retient, met les mains dans les poches et tombe sur une forme longue et fine, le crayon rouge, il l'avait oublié. Et là, ça se met à turbiner dans sa tête et à vriller dans son cœur.

— Je peux être seul avec elle? Juste quelques minutes, avant que vous ne fermiez le cercueil?

L'employé des pompes funèbres acquiesce et quitte la pièce, suivi par Demont qui jubile: le trublion américain semble vouloir rentrer dans le droit chemin et remplir ses devoirs de fils. Il a bien fait de lui parler franchement.

À peine la porte fermée, James sort le stylo de sa poche, le fait tourner entre ses doigts d'un geste sûr, comme il le faisait au lycée pour impressionner les filles, un tour, deux tours, trois tours, le temps de revenir en mode artiste, et puis il le place dans la bouche de sa mère, à l'horizontale, parallèle aux lèvres, entre les dents. La mâchoire résiste, c'est normal, mais il ne cède pas, ne recule pas. Malgré l'infime craquètement qu'il entend, malgré le choc glacial de la peau qu'il effleure, il insiste et appuie fort. Crac. Il recule d'un pas, contemple ce portrait déformé par la ligne de plastique rouge, grotesque, immonde, ce sourire atrocement exagéré à la Joker, et, satisfait, sort son téléphone. Clic. Une seule prise. Une impulsion.

Il regarde la photo. La lumière est trop directe, les couleurs aplaties, l'angle prévisible, mais peu importe. C'est à ses yeux un portrait fidèle, une nature morte déshumanisée. Son hommage personnel à celle qui l'a élevé dans le désamour le plus sec.

— Monsieur Becker, tout va bien?

Demont s'inquiète. Il veut procéder, dérouler la suite de l'histoire, une messe, une dernière prière dans le cimetière, une réception feutrée dans la salle communale, des discours pleins d'éloges et de compliments, une pierre tombale gravée de sincères regrets et de meilleurs souvenirs. Dans toute cette éternité en lettres dorées, qui se souviendra de James, de sa version de l'histoire, de sa douleur? Qui?

— Oui, oui, un petit instant.

Pendant cet instant, James panique. Il est en culottes courtes, il est seul, il est brimé, il est abandonné, il est furieux, il pleure, il fuit, il veut se venger, frapper, faire mal. Alors il pianote sur son téléphone, ouvre un nouveau compte Instagram qu'il baptise That_Red_Pen, parce que ça lui vient comme ça, naturellement, en anglais, sa langue de travail, la langue de sa nouvelle vie, et sans vraiment y réfléchir, pour expulser son malaise et son ressentiment, avec les mains qui tremblent et les doigts qui suent, il y télécharge la photo, sans correction, sans commentaire mais avec une longue liste de hashtags : #naturemorte #mom #RIP #MalcourtenMeuse #Lorraine #San-Francisco #RedPen #correction #maitressedecole #shameonyou #mereindigne.

Il a failli ajouter #vachier.

3

Le Castro, San Francisco

Il pleut à San Francisco. Pas une grosse pluie agressive qui frappe les fenêtres par vagues violentes, comme cela arrive souvent en hiver, non, juste un crachin mesquin. James s'en fiche. Les façades colorées des maisons de Castro donnent un air de fête au quartier quel que soit le temps.

C'est pour ça qu'il en a fait sa forteresse. Pour ses alignements de mauves, ses dégradés de bleus, ses rubans de roses et ses infinies nuances de blanc qui font de chaque perspective une détonante palette de peintre. Pour cette ribambelle de cafés bios et de bars thématiques qui naissent, périssent et renaissent au gré des modes et des moissons. Pour ces sex-shops décomplexés aux vitrines aguichantes, qui déboulonnent les tabous des touristes avec un doigt de mystère et une bonne giclée d'humour. Pour ces flux et reflux de gens de tous les genres qui se prennent en photo devant le kilomètre zéro de l'homosexualité mondiale. Pour les pittoresques voitures de tramway venues prendre une retraite paisible sur la F-Line, qui rythment la vie du quartier avec le grésillement de leur trolley et le crissement de leurs roues sur les rails d'acier.

Il allume la machine à café, ouvre le frigo, reluque une bouteille de chardonnay, puis le petit mot posé à côté d'une tomate esseulée et flétrie. « Ton frigo est vide, pas le mien. T'attends quoi ? Iris. » C'est vrai qu'il pourrait passer la voir, deux étages plus bas.

La sirène d'une voiture de police traverse la cuisine, un couple de moineaux s'est réfugié dans le ficus, sur la terrasse, et s'époumone d'amour. Le voyant « Prêt » de la machine à espresso clignote. James aussi est prêt à reprendre le cours des choses, là, maintenant, tout de suite. Et ça commence avec Alison, qu'il appelle avec la fébrilité d'un torero s'apprêtant à rentrer dans l'arène.

Elle lui a déjà laissé deux messages pendant son absence : le premier, pour lui dire qu'elle pensait à lui durant ce « coup de pute de la vie ». Le second, pour lui proposer un nouveau contrat. « Et tu vas être content, ce n'est pas dans la mode. Ça t'intrigue, hein ? Alors bouge ton cul et rappelle-moi. »

— Mon Frenchie préféré! Comment ça va, mon poussin?

Sa voix rauque est un monde en soi, une grotte d'Ali Baba où des personnages loufoques scellent des affaires louches, une partie de poker dans l'arrière-boutique d'un bar enfumé, un film de Jarmusch en noir et blanc, une fin de soirée arrosée au Glenmorangie. Elle n'a pas d'âge, pas de classe et pas de filtre, mais un cœur gros comme ça, une poitrine en conséquence et le réseau d'affaires de ceux qui ont vécu mille vies et fréquenté le gotha dans des circonstances qu'il serait vain d'expliquer. En Californie, pour la photo, c'est la Queen, comme elle dit. Queen Alison.

Il répond le plus brièvement possible, pressé de connaître le prochain *deal* qu'elle a prévu pour lui.

— Peut-être que tu devrais prendre un peu de temps pour te remettre?

— Me remettre de quoi? De la mort de ma mère? Ha! ha! je te rassure, elle ne va pas me manquer. Je vais bien. Non, mieux que bien, soulagé! Euphorique, même.

— C'est sûr que t'as pas l'air accablé par le chagrin. Mais ça peut venir, mon chou. Une mère, c'est comme un boomerang: tu l'envoies promener le plus loin possible, mais ça finit toujours par revenir te chatouiller la conscience quand tu t'y attends le moins.

— Tu as eu des enfants, toi?
— Va te faire foutre, James. Joue pas les cow-boys avec moi, OK?

Alison ne parle jamais d'elle. C'est tabou, secret défense, chasse gardée, chambre forte fermée à triple tour avec serrure codée reliée à un bloc de TNT. Le premier qui s'approche explose.

— Désolé..., patine-t-il. Un peu de fatigue avec le décalage horaire.

— Tu vois que t'as besoin de temps! ricane-t-elle pour marquer le point et reprendre le contrôle de la partie. De toute façon, je t'ai nettoyé l'agenda et Sharon nous dépanne sur CK. Par contre, pour le musée, ça part en sucette. Ton absence a ravivé les doutes qu'ils ont depuis le début. J'ai beau les appeler tous les deux jours, ça n'avance pas d'un pet. Passe les voir, ça les rassurerait.

— Mais c'est juste cinq photos pour une campagne, Alison. Je ne comprends pas leur hésitation. Cinq photos!

— Leur hésitation, c'est que tu fais sortir des œuvres du musée juste pour les prendre en photo. Dans des endroits qui craignent en plus, une vieille usine, une ruelle, le toit d'un building. Je comprends le concept mais c'est hyper-risqué. Et ça va leur coûter la peau des fesses en assurances. Ils ont le droit d'hésiter! Passe leur faire un petit numéro de charme.

— Et le reste ?

— T'as une séance de portraits corpo la semaine prochaine, le *street shooting* de Timberland dans deux semaines, puis t'enchaînes avec Ralph Lauren à New York.

— Des godasses et des fringues, palpitant. Et le reste ? Tu sais, dans ton message...

— J'y arrive coco, brusque pas Mamy. Ne me demande pas comment, mais j'ai rencontré le rédacteur en chef du magazine *Our Faith*. Un peu cul serré mais ouvert d'esprit. Il prépare un numéro spécial sur les quakers et veut aller au-delà des clichés habituels, tu sais, images en noir et blanc, cercles de prières et bénitiers fleuris.

— Les quakers... Ceux qui vivent comme au 19e siècle ?

— Non, ça c'est les amish. Merde, on part de loin, James. Force-toi un peu. Ça fait combien de temps que tu vis dans ce pays ? Bon, le premier rendez-vous est dans trois semaines, ça te laisse le temps de faire tes devoirs. Un copain à moi m'a dit que c'était sans doute relié à un débat sur les sectes qui pourrait remuer le sénat cet automne... Bref, ça sent l'opération de relations publiques. Mais le type a confiance en moi et son budget a de quoi raviver ta foi en Jésus.

— Mais c'est du photojournalisme, ça. Tu sais que...

— Oui, je sais, Picasso, tu veux chier des œuvres d'art et juste des œuvres d'art! Si j'ai pensé à toi, c'est que le gars voudrait que les photos reflètent leur spiritualité, qu'elles soient mystiques, c'est ce qu'il a dit. Et ça, c'est bien de l'art, non? Enfin, si tu préfères l'art des nymphettes épilées, libre à toi, je trouverai quelqu'un d'autre. C'est pas les kodaks qui manquent, hein!

Comme d'habitude, elle a le dernier mot. Et comme d'habitude, il est lessivé quand il raccroche. Elle a de l'instinct, c'est certain, même s'il la soupçonne de ne rien comprendre à la photo.

C'est un peu à elle qu'il doit son succès. Il était encore assistant photo dans un studio commercial quand il l'a vue pour la première fois. Ou plutôt, entendue. C'était à la galerie ChingO sur Fillmore, elle gueulait sur une jeune photographe qui exposait:

— Écoute, ma poule, n'est pas Annie Leibovitz qui veut. La lumière, la mise en scène, les contrastes, tu maîtrises. Mais c'est de la technique tout ça. Qu'est-ce que tu vois dans le regard de tes sujets? Hein? Qu'est-ce que tu observes? Tu sais pas quoi répondre parce qu'il n'y a rien à répondre. Il n'y a rien dans leur putain de regard. C'est vide. Comme ton carnet de commandes. Si tu veux rester avec moi, mets-y tes couilles.

Elle s'était tournée vers James, exaspérée, et de but en blanc, sans le connaître, lui avait demandé d'aller lui chercher du champagne. Devant son air interloqué, elle s'était moquée:
— Quoi, encore un qui n'a pas de couilles?
— Alors une coupe de champagne et une grosse paire de couilles pour la madame! avait-il répondu du tac au tac avec toute l'arrogance du serveur parisien typique.

Elle avait adoré. Il lui avait parlé de sa passion pour les ponts, de ses photos de ponts, de ses projets de ponts, elle avait expliqué qu'elle préférait les structures souples du genre un mètre soixante-quinze pour cinquante-cinq kilos, et avait conclu: «Y a beaucoup plus de pognon à se faire dans le silicone que dans l'acier, mon grand. Change de registre et viens me voir, j'aime bien ton accent.»

La vieille routière et le jeune artiste avaient trouvé un terrain d'entente, et James avait rapidement intégré l'écurie. Au départ, sa sacro-sainte règle de ne pas vouloir retoucher les photos avait été un obstacle. Mais il s'était battu et Alison l'avait soutenu: elle flairait le bon créneau. Finalement, le style sans trucage était peu à peu devenu sa marque de commerce. Quelques directeurs artistiques en manque de concept improbable avaient acheté l'idée et en avaient fait le pivot de leur marketing. Aujourd'hui et à l'heure où les retouches de

Photoshop pouvaient transformer n'importe quelle planche à pain en une pulpeuse Kardashian, James était reconnu comme l'un des pères de l'éthique photographique dans l'univers de la mode. En échange de sa fidélité — et d'une attitude exempte de tout sarcasme lors des lucratifs shootings —, elle avait accepté de promouvoir sa carrière artistique en parallèle, avec pas mal de doigté et quelques bons contacts. Mais à chacune de ses expos, inlassablement, elle se lamentait: «C'est pas moche mais ça me parle pas. James, tes ponts me font rouiller. J'ai plus l'âge de ces conneries. Tu veux pas faire du people à la place? Avec tout le Botox qu'ils s'injectent, ils sont aussi figés que tes viaducs. Mais au moins, ils payent.»

* * *

Iris barbote dans le jacuzzi gonflable qu'elle vient de faire installer sur son patio, deux étages plus bas, lorsque James secoue l'antique cloche en laiton qui sert de carillon. Il affiche un sourire de magazine, artificiellement relax, et même si elle n'est couverte que d'une serviette très vaguement plaquée contre sa poitrine, elle le prend dans ses bras, l'enveloppe et l'absorbe totalement. Elle colle sa tête contre son torse, lui caresse le dos de la main, lui flatte la nuque, s'attarde et se tait — un exploit en soi —, comme si elle se recueillait.

Par-dessus son épaule, James laisse filer son regard à l'intérieur de l'appartement et, pour une fois, le désordre ambiant lui fait l'effet d'un baume réconfortant. Tous les meubles croulent sous les bibelots, les grigris bioénergisants et la paperasse. Les bibliothèques dégorgent de livres aux pages jaunies et cornées, le moindre bout de table est recouvert de journaux, de magazines, d'études photocopiées, annotées et auréolées de ronds de thé vert. Elle est comme ça, Iris, elle n'y peut rien, elle déborde d'amour, de bienveillance, de conseils et de vieux papiers. Nutritionniste de métier mais psy dans l'âme, elle a besoin de voir ce que les gens ont dans le ventre et dans les tripes, elle veut les aider à mieux digérer leur vie trop grasse et trop sucrée.

— Peut-on vraiment détester sa mère? lui demande-t-il en se glissant avec elle dans le spa.

— Passionnément! répond-elle dans un grand éclat de rire.

Iris n'a pas sa pareille pour dédramatiser avec exubérance les petites et grandes tragédies du quotidien. Elle poursuit:

— Je déteste la mienne deux fois par jour. En fait, chaque fois qu'elle m'appelle. Dois-je te rappeler d'où je viens? Ma mère est une caricature de la mère juive. J'ai parfois l'impression qu'elle a un guide caché de la sépharattitude parfaite et qu'elle s'applique à en tester les trucs et astuces sur moi, page après page. Page 12, comment se glisser dans le sac à main de votre fille pour lui éviter de faire ses propres choix. Page 17, l'art d'arranger des rencontres prévisibles en vue de mariages prétentieux. Et celle-là, page 34, débarquer chez ses enfants sans prévenir pour qu'ils ne vous oublient jamais. Tu vas voir, elle va sonner dans deux minutes et s'inviter dans le spa, sans l'ombre d'une hésitation. Le pire, c'est qu'elle est drôle, pleine d'autodérision et, parfois, de bon sens. Enfin, tu la connais. Non, je te jure, je l'adore, mais c'est une job à temps plein de gérer ses élans d'amour. C'est bien simple, j'ai l'impression qu'elle pense pour moi. Au fond d'elle, elle est persuadée que ma vie serait plus intéressante si elle la vivait à ma place. Tu peux remercier Dieu de n'avoir pas eu ce modèle-là...

Au silence pesant qui suit, elle comprend qu'elle a été trop loin. Elle se rapproche de James, étend son bras sur ses épaules.

— Désolée, je ne voulais pas... Mettons qu'entre ta mère et la mienne, il doit bien exister un juste milieu, une version vivable, tu sais, le genre qui t'évite dix ans de psychanalyse.

Il sourit, c'est gagné.

Ils ont déjà été partenaires de baise, il y a plus de dix ans, puis amants, puis «amis avec bénéfices».

C'était avant que James n'achète l'appartement du dernier étage. Aujourd'hui, ils sont «juste amis». Ils ont chacun leur vie, leur boulot, leurs amours et leurs secrets. La vieille madame Sanford, au premier étage, fait tampon et veille au grain. Au moins une fois par semaine, néanmoins, Iris et James se retrouvent le soir pour décompresser, partager une soupe ramen, tester une bouteille de chez Village Wine Co., leur fournisseur officiel, et accessoirement, refaire le monde. Elle est bordélique, il est méticuleux, elle est exubérante, il est observateur, elle est loquace, il est réservé, elle se pense quelconque, il se croit irrésistible... Comme ils se savent totalement incompatibles, ils s'adorent sans retenue.

— Tu as pris des photos là-bas?

Il ne répond pas, ouvre son téléphone et lui tend l'appareil ouvert à la page Instagram de That_Red_Pen.

Elle s'en empare et regarde, longuement.

— Si elle était encore vivante, je dirais que c'est une déclaration de guerre. Mais elle est morte. Alors je suppose qu'il faut voir ça comme un hommage. C'est... euh... c'est...

Elle ne cherche pas vraiment ses mots, elle essaye juste de comprendre ce qu'il y a sur la photo. Et surtout, ce qu'il n'y a pas. De la tendresse, de la nostalgie, un peu d'amour.

— Je n'ai jamais rien vu d'aussi... disons, étrange. Oh James, je suis tellement désolée. Quand tu me parlais de ta mère, tu plaisantais, on riait, je ne pouvais pas m'imaginer que ça pouvait être douloureux. Toutes ces anecdotes, ces histoires que tu racontais, je prenais ça pour du divertissement, pas pour... la réalité. Je suis la reine des cruches. Et toi, le directeur en chef de la propagande.

Intriguée par d'innombrables émojis de cacas et de couteaux sous la photo, Iris fait défiler son doigt sur l'écran.

— Oh *shit*!! s'exclame-t-elle.
— Quoi?
— Tu as jeté un œil sur les commentaires?
— Pas encore, ça fait juste quelques jours que j'ai posté ça.
— Quelques jours! Pour les médias sociaux, c'est une éternité, James!

Elle lui montre le téléphone, et ensemble, enveloppés dans la vapeur du jacuzzi, ils découvrent les dizaines de commentaires qui ont fleuri sur la page That_Red_Pen: des critiques vitriolées, des insultes aux relents racistes et homophobes, des menaces de mort à peine camouflées, des condamnations moralisantes, mais aussi quelques compliments gothiques et des propositions indécentes. James lit à haute voix les remarques les plus grossières, les plus scabreuses, les plus morbides, faisant mine de s'offusquer à grand renfort de «Ô mon Dieu» et de «Sainte Vierge». Le fou rire les gagne et ne les quitte plus, ils sont comme deux gamins en train de zyeuter une revue cochonne. Iris ne sait pas ce qui est le plus drôle, l'imagination débridée d'inconnus que l'anonymat rend volubiles, ou les railleries tranchantes avec lesquelles James snobe les prouesses littéraires et la stupidité abyssale de ses admirateurs.

Et puis il y a un gloussement qui s'étire quelques secondes de trop, comme s'il était forcé. Un rire anodin qui se plante comme un couteau dans l'euphorie du moment et fait retomber le soufflé d'un coup.

Ils sortent du spa, rentrent se sécher à l'intérieur et se rhabillent, en silence.

— Qu'est-ce que tu vas faire de tout ça, mon beau James d'amour? De la rancune que tu caches derrière ta photo, de la peine que tu refuses de montrer, de cette violence qui se déchaîne sur ton compte?

— T'affole pas, Iris, ce n'est qu'un troupeau de Béotiens analphabètes qui se défoulent. Et c'est juste une photo. Il n'y a pas de quoi en faire un plat.

— Juste une photo, tu plaisantes? Qu'est-ce qui se passe là-dedans? fait-elle en pointant la tête de James. T'as jamais cru à la portée sociale de l'art, t'as toujours méprisé les artistes engagés, et là, tout à coup, tu nous accouches d'une photo avec un message énorme, provocateur, limite obscène. Mais c'est quoi ton message ? James, qu'est-ce que tu veux nous dire ? Les Béotiens, comme tu les appelles, c'est ça qu'ils veulent savoir. Et je m'inclus dans le lot. Iris dit ça en farfouillant dans des papiers éparpillés sur la table. Elle sait qu'il sait qu'elle ne cherche rien, ne range rien, ne lit rien. Elle fait juste s'occuper les mains pendant qu'elle réfléchit à voix haute.

— Tu suranalyses, Iris, comme toujours, répond James en déposant les verres de vin dans l'évier. Demain, tout le monde aura oublié cette photo. Et moi, j'aurai oublié cette semaine totalement sinistre passée en France. Pour l'instant, mon seul message, c'est que je suis crevé et que je vais remonter dans ma tanière.

Contrairement à l'appartement d'Iris, qui s'ouvre sur une pièce à vivre centrale, celui de James est traversé d'un bout à l'autre par un long corridor, qui part du petit bureau, côté rue, et débouche sur la cuisine, côté jardin. Entre les deux, un grand salon double et une chambre, qui offrent l'un et l'autre une vue sur Bay Bridge, au-dessus des toits. Lorsque le temps est clair, il regarde l'aube poindre sur le pont, depuis son lit, la tête sur l'oreiller, le regard tourné vers la fenêtre. C'est son salut au soleil et sa dose de beauté quotidienne pour passer à travers la journée.

Il aime cet appartement au charme typique, ses grandes pièces claires, ses espaces racés qui portent fièrement les marques du passé — parquets qui craquent, moulures en bois naturel, lambris blanc. Il aime cette vaste cuisine-boudoir et sa terrasse haut perchée qui embrasse tout Castro. Il aime le puits de lumière qui, jour et nuit, donne de la hauteur et du relief à son décor, et ces murs déformés par les sautes d'humeur tectoniques. Il remonte le couloir pour se rendre à sa chambre, et ce faisant, passe devant le pont Alexandre III de Paris, le pont Jacques-Cartier de Montréal et le Swiftwater Bridge de Bath, dans le New Hampshire, reproductions verticales et monochromes de ses meilleures photos sur de longues bannières en papier lustré qui frémissent sur son passage comme les voiles d'une jonque.

Il s'allonge mais il ne doit pas s'endormir tout de suite, il le sait, le décalage horaire le réveillerait au milieu de la nuit. Il doit lutter. Lutter contre la fatigue, contre les questions d'Iris qui rebondissent sur les murs de sa conscience, contre de vieux démons que l'heure dans le spa a sortis du formol. À presque cinquante-deux ans, il pensait les avoir chevauchés, maîtrisés, vaincus. À gauche, des photos d'art. À droite, des contrats lucratifs. Et au centre, un James bienheureux, presque béat, ronronnant de gratitude pour tout ce qu'il a. Pas de parents mais une famille d'adoption qui le vénère, pas de relation amoureuse stable mais un bon carnet d'adresses, pas d'abdos mais plein de charme, pas de passé mais plein d'avenir : le *New York Times* a adoré sa dernière expo de ponts. Alors pourquoi sent-il soudain que ce confortable statu quo est en train de vaciller ?

Ce qui vacille aussi, c'est son lit et les murs de sa chambre. Il sombre malgré lui dans le sommeil, bercé par le crépitement des gouttes de pluie qui frappent la fenêtre. Étrange fenêtre en réalité, tout en longueur, cernée d'un caoutchouc noir, comme un pare-brise, le pare-brise d'une deux-chevaux. Il reconnaît la tige horizontale du levier de vitesse, l'ambitieux mugissement du moteur, le toit mou qui tremblote au moindre cahotement. La pluie l'aveugle et James voit sa main tourner l'antique bouton des essuie-glaces. Avec un grincement poussif, deux grands crayons rouges se mettent à balayer la vitre de droite à gauche, ils la rayent, la griffent, la torturent, la déforment, laissant à chaque passage des traînées d'encre sanguinolente.

James crie et se redresse en sursaut. Il tourne la tête vers Bay Bridge pour chercher un point de repère dans les lumières de la ville, mais il ne distingue rien. Tout est si opaque ce soir.

4

Paris, 1969

La salle est tellement enfumée que Solange peine à distinguer quoi que ce soit. Cigarettes, pipes et cerveaux érudits dégagent un nuage âcre qui sature l'air et lui prend à la gorge. Entre deux volutes, elle discerne une table centrale, une vingtaine de chaises tout autour, presque toutes occupées, de lourds bureaux devant les fenêtres garnies de tentures qui ont dû être jaunes à une autre époque, des casiers en bois pour le courrier.

— Vous ne savez pas lire, mademoiselle? Vous êtes dans la salle des professeurs. Pas d'élèves ici.

La voix vient d'un costume trois-pièces gris sinistre qui tient sa tasse à café par la soucoupe, comme à un dîner mondain. Visiblement, le souffle libérateur de mai 68 n'a pas encore décoincé le Lycée Platon.

— Bien sûr que je sais lire, répond trop naïvement Solange. Figurez-vous que je suis même professeure.

— C'est ça, et moi je suis président de la République du tricot.

— Alors là, ça m'étonnerait. Vous seriez mieux fagoté que ça !

L'assemblée de vieux sages n'a rien perdu de cette altercation et glousse à qui mieux mieux, entre indignation pincée et prosaïque plaisir de commères. Voir l'autorité du très respectable et redouté professeur de mathématiques mise à mal par l'impertinente maladresse d'une jeune première est un divertissement de haut vol. Tous ajustent leurs lunettes pour ne pas perdre une miette de la suite.

Solange, elle, est mortifiée. Elle ignore d'où lui est venue cette assurance, cette inconscience, même, elle qui, trois minutes plus tôt, était encore figée par l'appréhension devant la porte de ce cénacle. Son manteau crème immaculé et sa robe azur aux grandes poches blanches lui apparaissent soudain trop courts, trop criards, trop modernes. Avec ses yeux noisette soulignés d'un trait de khôl, ses cheveux bruns ramassés dans un chignon banane et ses longues jambes mises en valeur par de petits escarpins blancs, c'est vrai qu'elle a l'air d'une de ces midinettes qui paradent aux terrasses des cafés. Mais de là à passer pour une godiche, c'est non.

Mi-figue, mi-sourire, elle balaye la pièce du regard et comprend soudain qu'elle est la seule femme. Elle cherche encore comment sortir de ce mauvais pas lorsque le directeur fait son entrée. Il la salue d'un bref mouvement de tête, sans s'arrêter, avant de s'installer en bout de table, solennel.

— Chers collègues et amis, permettez-moi de vous présenter notre nouveau professeur de français, mademoiselle Becker. Elle nous a été chaudement recommandée par Champlain, que vous connaissez tous, et qui fut son enseignant de latin et de grec. Je compte sur votre habituelle courtoisie pour lui réserver le meilleur accueil. J'en profite pour vous souhaiter une bonne rentrée. Quand vous rejoindrez vos troupeaux de boutonneux dans quelques minutes, souvenez-vous de Jules Ferry, ce noble défenseur de l'instruction publique et laïque, qui disait: «Celui qui est maître du livre est maître de l'éducation.» Alors sortez vos livres, et au travail.

En arpentant le long corridor blanc qui la mène à sa salle de classe, Solange entend le brouhaha des élèves qui monte de la cour. Elle ouvre une fenêtre pour capter leurs rires et leurs histoires. Certains se racontent leurs vacances, d'autres dressent la liste des profs «bonnes poires» qu'ils souhaitent avoir, et celle des «vieux sadiques» qu'ils redoutent. Dans quelle catégorie la rangeront-ils?

5

San Francisco

Il est allongé sur le trottoir, la face contre le bitume. Un genou viril dans le dos le maintient immobile. Il entend Iris qui parlemente avec le propriétaire du genou, un certain agent Neuman de la police de San Francisco. Il entend les badauds qui s'attroupent autour de lui, téléphone au poing, pour ne rien rater d'un incident très facebookable. Il entend le murmure revendicatif de la Marche pour la vie qui se poursuit à quelques pas et James se demande comment il s'est retrouvé là.

La journée avait pourtant bien commencé. Iris l'avait tiré du lit avec des bagels et un grand café latté. Ils étaient allés se promener dans Mission, avaient fait quelques antiquaires, mangé un morceau sur Market Street et poursuivi vers le centre-ville, se laissant guider par leurs pas, le soleil et une envie partagée de prendre l'air.

C'est devant le siège social de Twitter qu'ils avaient aperçu les premiers pèlerins. Avec leur t-shirt *Life*, leurs pancartes et leur air évangélique, ils avançaient par petits groupes en chantant et en distribuant des tracts beaucoup moins candides que leurs mélodies bon enfant. Iris et James avaient tout de suite allumé. La grande Marche pour la vie agitait San Francisco chaque mois de janvier depuis plus de dix ans, divisant la ville de toutes les libertés en deux clans prisonniers de leur fanatisme et de leur rhétorique.

— Nom d'un chien! s'était exclamée Iris.

— Rentrons, avait immédiatement suggéré James.

La dernière chose qu'il voulait, c'était de se retrouver dans un bain de foule, ou pire, un débat public. Elle s'était moquée de lui:

— Je crois au contraire qu'on devrait y aller. Faut écouter le destin, c'est pas un hasard si on est tombés sur eux. Viens, allons ouvrir notre chakra de la protestation!

Il hésitait. Elle avait insisté, moins badine.

— Eux s'activent à longueur d'année avec leurs versets biblico-sataniques. Et nous, en face, on fait quoi? Il faut que quelqu'un leur montre qu'ils sont pas les bienvenus. Ni les plus nombreux. On y va.

Il avait fait un geste pour la prendre dans ses bras et marquer son intention de partir, mais elle l'avait esquivé.

— Fais-le pour moi, avait-elle insisté. Moi, je le fais pour... pour une de mes patientes. Dix-neuf ans, un peu boulotte, mal dans sa peau et dans sa tête. Un jour, elle rencontre un garçon qui lui dit qu'il la trouve appétissante. Je te promets, il utilise le mot «appétissante». Nous on trouve ça lourd, mais elle, c'est le truc le plus bouleversant qu'elle a jamais entendu. Elle prend ça pour de l'amour. En plus, elle est encore vierge et ça l'obsède, toute cette corpulence et son hymen intact. Elle se demande pas s'il lui plaît à elle, elle a pas ce luxe, parce que c'est le seul candidat! Il n'a qu'à lui caresser les cheveux pour qu'elle cède à ses avances et à son pénis, bim bam boum, trois minutes chrono. Pas d'orgasmes, pas de plaisir, mais un joli cadeau-souvenir à déballer neuf mois plus tard. La suite, tu t'en doutes mon James, hein? Son monde déjà pas très solide s'écroule totalement, elle rate ses exams, s'isole, dépérit. Que voudrais-tu qu'elle fasse? Qu'elle paye la facture toute sa vie pour cent quatre-vingts secondes de confusion amoureuse? La seule chose qu'il lui reste à ce moment-là, quand elle a plus de larmes et plus de dignité, c'est son putain de droit à avorter.

James était habitué au lyrisme engagé de son amie et à ses études de cas, toutes plus dramatiques les unes que les autres. D'habitude, ce qu'il considérait comme un trop-plein de conscience sociale le divertissait. Mais pas aujourd'hui.

— C'est un peu cliché ton histoire, avait-il lâché avec un air blasé.

L'humeur d'Iris était passée du vert guacamole au rouge piment.

— Cliché? C'est sûr qu'à côté du portrait de ta mère, ma petite histoire d'avortement est ordinaire. Mais elle parle de courage. Il est où le courage dans ta photo? Oh James, si seulement tu essayais... Avec ta photo, t'as réussi à clouer le bec à une vieille dame pour l'éternité. Là, t'as l'occasion de faire taire d'authentiques menteurs, des manipulateurs qui vont causer bien plus de dégâts que ta défunte mère. Ne te défile pas. S'il te plaît, ne te défile pas. Tu veux faire de toi un artiste engagé? Je crois que ça commence aujourd'hui.

D'un geste nerveux, elle avait ramené ses cheveux en arrière et ajouté, plus calmement:

— T'es pas obligé de gueuler avec moi, tu peux juste prendre des photos, ça sera ta façon à toi de manifester.

Par amitié plus que par conviction, il s'était résigné à la suivre.

Le tramway qui les avait cueillis sur Market Street était plein à craquer. Arrivés à Embarcadero, ils s'étaient retrouvés noyés dans une marée humaine et avaient eu toutes les peines du monde à trouver une place sur le trottoir pour voir passer la procession en provenance de Union Square. Devant eux, à quelques mètres, des dizaines de milliers de manifestants portaient haut les couleurs de la lutte contre l'avortement. Des pasteurs évangéliques dans des robes grenat, des étudiantes candides, des dignitaires parés de leurs baudriers du dimanche, des groupes de jeunes filles prônant l'abstinence, des familles entières brandissant des pancartes aux messages coup de poing: *Ne tuez pas les enfants, Tout le monde a droit à un anniversaire, Les hommes regrettent leur paternité perdue.*

Iris scandait «Mon corps, mon choix» avec une inépuisable ferveur.

— Ce n'était pas le slogan du temps de Clinton? lui avait demandé James en souriant.

Elle lui avait envoyé un coup dans les côtes.

— Les bonnes idées n'ont pas d'âge, grand bêta.

Il avait sorti son Nikon et commencé à zoomer sur les visages extatiques qui passaient devant lui. Il restait l'œil collé sur le viseur et promenait son téléobjectif à travers la foule, au hasard, captant dans l'action des bouches qui hurlaient, des poings qui se levaient et des mains qui priaient. *Souris, ta mère a choisi la vie*. C'était une femme d'une quarantaine d'années accompagnée de son fils, un adulte déjà, qui arborait la banderole.

Éblouie par sa foi, une religieuse en robe traditionnelle noire et blanche avait trébuché et s'était accrochée in extremis au bras de James. «C'est la providence qui vous met sur mon chemin, lui avait-elle dit, essoufflée. Sans vous, je me retrouvais les quatre fers en l'air. Je suis un peu fatiguée... Aidez-moi et marchons ensemble, voulez-vous?»

Il s'était violemment dégagé de son emprise. Elle ne s'en était pas offusquée et l'avait simplement gratifié d'un sourire dégoulinant de bienveillance et d'un verset biblique livré avec quelques trémolos très cinématographiques: «Avant de t'avoir formé dans le sein de ta mère, je t'ai choisi; et avant ta naissance, je t'ai consacré. Livre de Jérémie.»

Alors c'était ça, une pause mystique! En un éclair, il avait repris son appareil pour immortaliser le visage de la nonne facelifté par la parole de Dieu. Mais il était déjà trop tard. Furieuse de s'être fait bêtement piéger par un photographe, la bonne sœur fulminait, puisant dans le bréviaire de l'Inquisition les mots les plus tranchants pour juger, condamner et blesser James. Tout en rejoignant le défilé, elle avait porté l'estocade: «Tu n'es qu'un boulet pour le monde. Et pour ta mère! Pauvre femme! Comme elle doit se sentir honteuse! Et coupable! Avoir un fils pareil, quel chemin de croix, quel calvaire! Prions pour elle, une sainte...»

Il s'était rué sur elle pour la faire taire, l'avait menacée de son appareil photo et l'aurait probablement frappée si une main ferme ne l'avait empoigné et traîné hors du cortège, sur le trottoir.

— T'en prendre à une bonne sœur! Franchement, James, tu m'as habituée à plus de classe. C'est ça qu'on appelle la galanterie française? Qu'est-ce qui t'a pris?

Le taxi fait tout un détour par le sud pour éviter les embouteillages que laisse la Marche pour la vie dans son sillage.

— Je ne l'ai pas touchée! Mais comment t'as fait pour me sortir de là? Le flic aurait dû m'amener au poste, non?

— Mouais, mettons que tu as eu de la chance. Cette armoire à glace et moi, on a déjà eu une aventure, un coup d'un soir... En tous les cas, il m'a reconnue et il a pris le temps d'écouter toute ma sauce sur ta mère, ton choc affectif, ton deuil...

— C'est bien la première fois que ma mère me sert à quelque chose!

La voiture les laisse au coin de Castro et ils remontent Beaver Street en silence, tant parce que la rue est abrupte que parce que tout a été dit pour aujourd'hui. Elle rêve d'un bain moussant et de solitude. Il a envie d'une bière et de solitude. Ils se laissent en bas de la maison.

— Merci quand même de m'avoir accompagnée, James. Comme artiste engagé, t'es plutôt doué.

Il a oublié que son frigo s'ouvrait sur un vide intersidéral. Faute de bière, il se rabat sur un verre de chardonnay, qu'il siphonne d'un trait. «Putain, quelle journée...» Pour une fois, il est presque heureux que ça soit dimanche soir, ça clôture l'épisode. Dès demain, sa vie d'avant reprendra ses droits.

Il arrose son bonzaï, vide sa valise, range son costume dans sa housse, place les embauchoirs dans ses chaussures noires, met une lessive en route et s'assoit sur la banquette de la cuisine pour ouvrir la grosse enveloppe que lui a remise Demont. Papiers de la succession, papiers de la banque, papiers du fisc, papiers de la maison. Que du passionnant. Jusqu'à la dernière minute, dans le bureau du notaire, il a attendu un joker, une révélation fracassante, un mea culpa en alexandrins ou, tout simplement, une lettre qui aurait commencé par «Mon cher James, lorsque tu liras ces mots, je serai morte...». Mais non, tout s'est avéré d'une grande banalité. Son deuil s'annonce très administratif.

Et la soirée, elle, s'annonce calme. Il n'a pas prévenu grand monde de son retour. Il n'a rien dit au groupe d'artistes avec qui il partage le studio photo sur Van Ness — un entrepôt industriel bien arrangé plus qu'un loft branché à proprement parler —, ni à ses copains du San Francisco Art Institute, ni aux *boys* des agences, une hétéroclite bande de directeurs artistiques et de chefs de pub avec qui il sort parfois, ni à ses clients et collaborateurs habituels, ni même à cette Mary-Ann à qui il fait la cour en dilettante depuis deux mois. Brune, plantureuse, élégante, bien élevée, négligée par son mari, épuisée par ses enfants, peu disponible mais très volontaire... il faudrait qu'il passe à la vitesse supérieure. Tiens, il pourrait l'appeler, elle est tellement douce. Mais non, il ne peut pas. Le dimanche soir, elle est en famille.

Il parcourt ses courriels sur son téléphone, répond à quelques-uns, survole les titres du *San Francisco Chronicle*, puis ceux du *New York Times*, visionne sur YouTube l'achèvement du pont maritime le plus long du monde, qui relie désormais Hong Kong et Macao à la Chine continentale, puis quelques niaiseries miaulantes, consulte la météo de jour, celle de demain, celle de la semaine prochaine, le nombre de pas qu'il a faits aujourd'hui, la distance parcourue, son compte bancaire. Ses doigts dansent et cliquent sur l'écran, survolant dix ou quinze fois l'icône d'Instagram mais l'évitant nerveusement comme si c'était le détonateur d'une ogive nucléaire.

James regarde par la fenêtre, cherchant dans le ciel orangé un assentiment ou le courage d'affronter sa photo et ses détracteurs. Son pouce s'est mis à tourner dans le vide. Il se lève pour se reverser un verre de vin mais s'arrête en route, assailli d'un doute. Pas un affreux doute comme dans les romans policiers où toute l'action dépend de cet instant d'incertitude. Non, juste un petit doute, presque inoffensif. Il doit vérifier.

Du tiroir de son bureau, il sort un épais dossier ficelé d'élastiques et marqué du mot «Avant», énergiquement souligné deux fois. Sa vie d'avant. Il épluche la liasse de papiers collés par le temps où s'entremêlent des documents officiels, quelques diplômes scolaires, des certificats de ses anciens exploits sportifs, des pièces d'identité périmées, une ou deux cartes postales et des dizaines de photos. Photos de la petite école de Malcourt, avec des enfants alignés en rang d'oignon devant un tableau noir. Photos de Verdun prises lors d'une sortie pédagogique — la tranchée des baïonnettes, le fort de Douaumont, les alignements de croix blanches. Photos d'ados éméchés dans la grange du père Larché. Photos d'une fille aux cheveux beaucoup trop permanentés. Photos de gens et de lieux qu'il ne reconnaît plus.

— Peux-tu t'imaginer que ma photo d'Instagram est la seule que j'ai de ma mère?

— Eh bien, ce n'est pas la meilleure quant à moi.

Au téléphone, il sent un brin d'irritation.

— Je dérange?

— Disons que..., commence Iris avant de se racler la gorge. Qu'est-ce qui se passe James? T'as le camion des remords qui a débarqué chez toi?

— Des remords, pas sûr. Je crois que ça fait longtemps que je l'avais enterrée, ma mère, et avec elle mon enfance. Oubliée, une jeunesse lugubre, mais pas dramatique non plus, normale. Ou plutôt, normative. Après, on s'est ignorés pendant trente ans et c'était très bien comme ça. Comment dire? Je n'ai eu aucune émotion devant le cadavre, je suis resté stoïque, une vraie statue grecque. Je voulais que les choses se déroulent vite. Il fallait que je sois rentré lundi pour un shooting à la con... que finalement je ne ferai pas.

— Aucune émotion? J'ai bien entendu? Mon beau James, est-ce que tu me permets d'avoir un doute là-dessus? Un tout petit doute, minuscule, trois fois rien, une crotte...

— Vas-y, lâche-toi, fais-toi plaisir.

— Il est pas question de mon plaisir, mon chéri, mais de ta douleur, tu sais, cette chose dont tu refuses obstinément de parler. Ça fait quoi, six, huit ans qu'on est amis? Je te connais comme ma poche, et je te ne t'ai jamais vu aussi bouleversé. Mais comme monsieur est trop fier pour pleurer, ça reste en dedans. Regarde-toi, on dirait une cocotte-minute qui menace d'exploser: t'as failli frapper une bonne sœur, James! C'est pas une émotion, ça? Oh, j'ai mal pour toi, j'aimerais tellement...

— Je sais, Iris, je sais! Tu veux toujours tellement aider.

— Moque-toi, ingrat! Finalement, j'aurais peut-être dû te laisser aller en taule. Mets ton ironie sur pause deux minutes et essaye plutôt de voir ce qui a mis le feu aux poudres. C'est le notaire?

— Le notaire jouerait plutôt le rôle de l'extincteur.

— Alors c'est quoi? Il y a bien un moment où tout a basculé, non? T'es parti débonnaire, t'es revenu sanguinaire. Entre les deux, il y a bien eu...

— ... ce putain de crayon rouge, complète James. J'en ai rêvé la nuit dernière. Je crois que tout est parti de là, quand je l'ai aperçu dans la chambre. Je l'ai mis dans ma poche et c'est comme si on m'avait jeté un sort.

— À t'entendre, ce n'est pas un crayon, c'est une amulette vaudoue.

— Je t'assure, c'est à ce moment-là que les choses ont dérapé.

— Tu as eu d'autres commentaires sur Instagram?

— Je n'ai pas regardé.

— Déni!

— Quoi, déni?

— Tu es dans le déni, James. Depuis que tu es revenu, tu te la joues détaché, gros bras et compagnie. Mais t'as sérieusement merdé avec cette photo, et là t'oses même plus affronter ta... ton œuvre. T'es comme un gosse de huit ans qui renverse un verre de lait et qui se cache sous la table pour ne pas voir les dégâts. Alors, qu'est-ce qu'il dit ton Instagram?

James soupire. Appeler Iris n'était peut-être pas l'idée du siècle. Mais elle ne le lâchera pas, il la connaît, elle est tenace la sainte patronne des causes perdues. Cette fois, son pouce ne fait pas semblant d'hésiter quand il survole l'icône d'Instagram.

— Des insultes, d'autres insultes, un fétichiste, l'Association familiale de la Californie du Nord qui me propose une thérapie, Satan.pour.toujours qui m'invite à une messe noire — il y a vraiment des gens tordus —, insulte, insulte, insulte, des pouces en l'air... Tu vois, il y en a qui aiment quand même.

— Et c'est tout?

— Attends... Il y a aussi *Le Figaro*, *Libération*... ce sont des quotidiens français.

— La gloire!

— Tu ne penses pas si bien dire. Ça va te paraître dingue, mais la suite, c'est surtout des questions qui viennent des médias, EstFM, 98.4FM, France3.

— Qu'est-ce qu'ils veulent?

— Que je les contacte en privé, que je réponde à leurs questions, que je m'explique... Il y a un commentaire du *Journal de l'Est*: «Malcourt voudrait comprendre. Nous serons heureux de vous offrir nos pages pour vous expliquer. Contactez-nous.» Il y a aussi un dénommé PseudoSurMer...

— C'est quoi ce nom débile?

Mais la question reste suspendue dans les airs, en transit entre les deux étages, perdue dans les limbes de la confusion sous les auspices de laquelle s'est placée cette journée. Et celle d'avant. Et toutes les journées depuis les obsèques de Solange.

— James, tu es toujours là? James, allô? E.T. rentrer maison. James? James, tout est OK?

— Oui, oui, c'est juste que ce PseudoSurMer a posté un commentaire, disons, plus personnel que les autres. Écoute ça: «Merci pour tout ma Solange. Je n'ai jamais oublié.»

— Qu'est-ce qui te dérange?

— La familiarité, le prénom... Comment peut-il savoir qu'elle s'appelait Solange? Je ne l'ai pas mis dans les hashtags.

— Quelqu'un qui la connaissait. Un homme du village sans doute, un de ses amis qui l'a reconnue. Un amant? Ta mère avait peut-être une vie plus épanouie que tu penses. Il doit être jeune, c'est rare les vieux sur Instagram. À moins que...

— À moins que quoi?
— À moins que... rien! Oublie tout ça, James. Encore une de mes intuitions non fondées, mon Sherlock Holmes intérieur qui s'excite le pompon.
— Iris!
— Je te jure, ça ne vaut même pas la peine d'en parler, c'est farfelu. Et je suis pressée.
— Iris, tu m'énerves quand tu fais ça!
— OK, OK, je pensais... à ton père peut-être. Mais c'est absurde, tu m'as déjà dit que c'était un inconnu, n'est-ce pas?
Cela avait toujours été la version officielle. Et rien dans le livret de famille que lui avait remis Demont ne l'avait démentie. «Père inconnu». Sa mère avait fait de cette formule consacrée une ligne de conduite et une ligne de défense dans toutes les conversations sur le sujet avec son fils. Comme si jamais elle n'avait connu son père. Comme si jamais un homme ne l'avait séduite, embrassée, enlacée et pénétrée, lui faisant dans la foulée un enfant, par imprudence, par négligence, par inadvertance. Comme si James était le fruit d'une Immaculée Conception ou s'il avait été déposé par une cigogne sur le pas de la porte. Mais taire le père ne suffit pas pour le tuer.
— C'est ce qu'elle disait, en tout cas.
— Oui, mais concrètement, qu'est-ce que tu sais de lui?

— Le minimum syndical. Ce que je t'ai déjà raconté. Qu'il travaillait dans une ferme. Qu'elle a cédé à ses avances. Qu'elle a fui quand elle est tombée enceinte. Qu'il n'a jamais su. Que c'était sa décision à elle. Qu'ils ne se sont pas écrit, contactés, revus. Qu'elle m'a élevé seule. Fin de l'histoire. Elle n'a jamais ne serait-ce qu'essayé de façonner une quelconque mythologie autour de lui, un récit chevaleresque, une tragédie héroïque dans laquelle j'aurais pu me projeter et qui m'aurait permis d'idéaliser le père absent, perdu, mort pour la patrie ou la gloire, que sais-je. Alors j'ai construit mon personnage tout seul, à partir de rien, comme un Playmobil, tu sais, les jouets que tu peux faire et défaire à volonté. Je l'ai inventé mille fois dans mon sommeil, le propulsant dans des réalités plus caricaturales les unes que les autres. Je le voulais gangster avec un pistolet à six coups, inventeur de génie dans un laboratoire futuriste, cosmonaute en combinaison spatiale...

— Il est peut-être devenu cosmonaute par la suite, James, tout était possible dans ces années-là.

— Il était agriculteur Iris, a-gri-cul-teur. Tout le reste n'existe que dans ma tête. Le fermier-astronaute a dû passer le reste de sa vie les pieds dans le purin. Il est peut-être mort écrasé par une vache laitière ou déchiqueté par une moissonneuse-batteuse à l'heure où on se parle, je ne le saurai jamais.

— T'es nul avec les émotions, mais t'as vraiment le sens du drame!

— Tu sais, Iris, j'ai souvent interrogé ma mère sur le sujet. Je croyais qu'avec le temps, elle finirait par lâcher le morceau. Quel crétin! Elle était coriace, la vieille. À chaque fois, elle écoutait mes questions, sans broncher, même quand j'insistais lourdement. Elle me regardait, comme un prof qui regarde un élève demeuré, tu vois, et elle me renvoyait ma question: «Mais qu'attends-tu exactement, James?» ou quelque chose du genre. Qu'est-ce que tu réponds à ça quand tu as huit, douze ou quinze ans? Rien, tu ne réponds rien. Tu ravales ta curiosité et tu refermes le dossier papa. De père inconnu, il est devenu père inexistant. Ce PseudoSurMer doit être un vieil amant, si ça peut te faire plaisir, ou un des ploucs du village de Malcourt. Point à la ligne.

— Un plouc du village qui habite au bord de la mer, donc! Je suis nulle en géo, mais Malcourt, c'est bien dans l'est de la France, dans le coin de l'Allemagne, non? Elle est belle la mer, là-bas?

Aussi ironique que perspicace, la question frappe la mauvaise foi de James avec la précision d'un missile terre-mère.

— Touché. Coulé!

Il entend un bruit de porte chez Iris.
— Merde, tu as du monde chez toi. Tu aurais pu le dire. Je le connais?
— Très bien. Intimement, même, répond-elle en éclatant de rire. C'est Neuman, le flic de tout à l'heure. Mais là, il vient de partir en claquant la porte. Essaye de frapper personne demain, il pourrait ne plus être aussi cool qu'aujourd'hui.
— Bonne nuit, Iris. Désolé d'avoir interrompu ton... plan.
— Tu es pardonné, pour cette fois. Faudra quand même que tu fasses quelque chose avec tes nouveaux amis d'Instagram. Tous ces commentaires, ça sent pas bon. Réponds-leur, supprime-les, ferme le compte. Agis, James, agis avant que ça dégénère, je t'en prie. Bonne nuit, ma cocotte-minute.

6

Paris, 1969

Ce matin-là, à huit heures, vingt-six élèves du lycée Platon se rangent deux par deux le long du mur, à l'extérieur de la salle 204. Solange se tient sur le pas de la porte et les invite à entrer d'un simple signe de tête.

Elle reste sur le seuil, attend qu'ils s'installent et que cessent les bruits de chaises, les raclements de gorge, les cliquetis des cartables qu'on ouvre, les chuchotements des cahiers qu'on empile. Quand le silence devient total et occupe tout l'espace, pesamment, elle entre à son tour, referme la porte et ouvre le livre qu'elle lisait dans l'autobus ce matin.

« *— Vous ne vous rendez pas compte quand vous vous faites un ami ?*
— Si vite ?
— Pourquoi pas ? On peut attendre une heure si vous préférez. On pourrait devenir amis dans une heure. Ou

attendre jusqu'à la fermeture. On pourrait devenir amis à ce moment-là. Ou on peut attendre jusqu'à demain, mais alors ça voudrait dire que vous devriez revenir demain et vous avez peut-être autre chose à faire. Dites-moi, qu'est-ce que c'est que cette histoire de temps? Pourquoi est-ce que plus tard vaut mieux que plus tôt? Les gens disent toujours ça, il faut attendre, il faut attendre. Qu'est-ce qu'ils attendent[1]*?* »

Elle referme le livre et embrasse du regard les vingt-six têtes devant elle, ou plutôt, les vingt-six paires d'yeux incrédules qui la fixent comme si elle venait de se mettre nue.

— Et vous, qu'attendez-vous?

Elle s'adresse à tous, à chacun, au mur blanc du fond, à la carte de France qui y est épinglée. Elle s'adresse aussi à elle-même, elle le sait.

Elle s'empare de la liste des élèves et commence l'appel:

— Qu'attendez-vous, Paul Allard? Qu'attendez-vous, Sébastien Anselme? Qu'attendez-vous, Claire Barbélian? Qu'attendez-vous, Charles Brieux?

Vingt-six fois, elle répète cette question, si simple et si intime à la fois. Passé l'étonnement qu'a suscité cette entrée en matière peu orthodoxe, quelques langues se délient. Avoir le bac, la récréation, de bonnes notes, les prochaines vacances...

---

[1]. James Baldwin, *Giovanni's room*, paru en français sous les titres *Giovanni, mon ami* (1958), puis *La Chambre de Giovanni* (1997).

Une grande majorité se contente d'un «rien» ou ne répond pas. Elle respecte cette hésitation teintée de timidité et d'indifférence.

— Moi, ce que j'attends, c'est que vous soyez ouverts. C'est que vous trouviez dans chaque texte que nous allons étudier une chose qui vous touche, qui vous fasse sourire ou grimacer. Cela pourrait être le grincement d'un lit dans une description, le glissement d'un poignard sur une gorge tendue, le regard vengeur d'une femme amoureuse, une virgule bizarrement placée, qu'importe! Certains auteurs vous passionneront, d'autres vous rebuteront, c'est possible et je ne m'en offusquerai pas. Mais même dans les passages les plus ardus, tendez l'oreille et essayez de trouver ce qui résonne en vous. Ce que j'attends, c'est que vous appreniez à recevoir ces petites vibrations, que vous me les racontiez et que vous vous en souveniez jusqu'aux examens. Alors, croyez-moi, vous réussirez.

Ils sont médusés, elle est rassurée. Dans la confusion qu'elle vient de semer, elle devine l'esquisse d'un sourire sur quelques-uns de ces visages encore hâlés par le soleil d'été. Dans la confusion qu'elle vient de semer, elle n'a pas eu à choisir son camp entre «bonne poire» et «vieille sadique». L'autorité de la passion s'est imposée d'elle-même.

— Et maintenant, ouvrez vos manuels à la page 9.

La leçon du jour peut commencer.

7

San Francisco

La vibration insistante du téléphone le tire de ses rêves et la voix d'Alison, de son sommeil. L'obscurité de sa chambre lui confirme son impression : c'est le milieu de la nuit.
— James, tu te fous de moi ?
— Alison, qu'est-ce qui se passe ? Je... Je dormais... Il est quelle heure ?
— Assez tôt pour que tu m'expliques ce merdier.
— Mais de quoi tu parles ?
— Du boomerang de ta mère qui fait son retour dans ta vie. Et dans la mienne, par la même occasion. Dis-moi que tu n'as pas signé cette putain de photo ?
— Quelle photo ?
— Tu sais, le cadavre d'une vieille dame avec un crayon rouge entre les crocs. Ça te dit quelque

chose ? Si tu veux te rafraîchir la mémoire, ouvre ton ordi et va sur n'importe quel site de nouvelles. Tu peux pas la manquer, elle est partout !

— T'es pas sérieuse ?

— Très sérieuse et très furieuse. Sors du lit, prends une douche froide et rappelle-moi quand tu auras les yeux en face des trous.

Avant la douche, il se précipite sur sa tablette. Sa photo ne fait pas la une, mais pas loin : la petite indignation d'un microscopique village de France s'est propagée de l'autre côté de l'Atlantique à la vitesse d'un krach boursier. Iris a raison : les médias sociaux abolissent les frontières et le temps beaucoup plus efficacement que n'importe quel traité de libre-échange.

Webzines de mode, gazettes locales, presse people, fabricants de nouvelles en série, chroniqueurs vedettes et autres influenceurs d'opinions préfabriquées, tous s'y sont mis pour que l'Amérique puisse tremper ses toasts au beurre de cacahuètes dans le scandale dès le petit-déjeuner. Avec des titres criards et moult reproductions, agrandissements et déformations de la fameuse photo. Le marketing du racolage fait rarement dans la dentelle.

De tous les sites qu'il consulte, seul celui du *New York Times* tait l'affaire, et James pense savoir pourquoi. Le dossier va sans doute être confié au critique d'art qui l'a encensé pour son exposition *Bridges*. Le déboulonnage prendra un jour ou deux — le temps de mener une enquête digne de ce nom —, mais il sera total et sans appel.

Il ne va même pas voir la page Instagram de That_Red_Pen, il sait ce qu'il va y trouver. En revanche, la pluie de critiques, d'insultes et de menaces se déplace désormais sur son fil Facebook et dans ses boîtes de courriel. Quelques illuminés et adeptes de l'art provocant continuent de louer son travail et son audace, mais ils se font de plus en plus rares — ou timides — face à la marée montante de haine. Le lynchage numérique est devenu un sport national.

Il prend le temps d'avaler un café avant de rappeler Alison. L'aube commence à poindre sur Bay Bridge, la journée s'annonce magnifique pour qui n'a pas de casier judiciaire virtuel.

— C'est pas trop tôt! Trente-cinq minutes pour une douche, c'est un record. T'avais besoin de récurer ta conscience?

— Bonjour, Alison.

Il prend sa voix la plus calme possible, il veut ramener la conversation à un niveau factuel et professionnel. Elle le suit.

— Bonjour, James. Désolée de t'avoir sorti du lit, mais il n'y avait pas de raison que je sois la seule à morfler à cause de tes conneries.

— Je comprends.

— Alors ça, permets-moi d'en douter. Je ne t'en veux pas d'avoir posté ta photo de vampire. Ce qui se passe entre ta mère et toi, ça te regarde. Je t'en veux de ne pas m'avoir prévenue. Ça arrive à tout le monde de faire un caca nerveux. Mais quand on est un peu en vue, comme toi, une crise existentielle, ça se planifie, ça se prépare et ça se gère. Tu fais pas ça en douce dans ton coin.

— Il n'y avait rien de prémédité. Et contrairement à ce que tu pourrais penser, ce n'est pas une crise existentielle...

— Tu préfères qu'on parle d'une crise planétaire? Tu m'aurais mise dans le coup, j'aurais pu limiter les dégâts. Mais là, t'es dans la mélasse jusqu'au cou. Oublie le musée et le contrat avec les quakers. Ils veulent un pro de l'Esprit saint, pas un maniaque de l'au-delà. Je vais les appeler ce matin pour leur proposer quelqu'un de moins... sulfureux. Pareil pour Timberland, je vais prendre les devants, pas le choix. Ces gens-là investissent des millions dans leur virginité sociale. On ne peut pas risquer de ruiner leur réputation avec un nom pas propre propre. Pour les portraits corpo, c'est encore jouable, je vais attendre la réaction des clients.

— Tu as vraiment tout prévu.

— Sauf que tu allais m'accoucher d'un suicide professionnel en bonne et due forme! Je te mets en veilleuse pour quelques semaines, James. Ça

va te donner le temps de parler à tes ponts. Je ne te vire pas parce que j'aime pas laisser tomber les gens quand ils sont dans la merde, c'est moche. Mais fais-toi oublier. Et supprime-moi ce putain de compte Instagram!
— Je vais y penser.
— Ben penses-y vite parce que ma réserve de patience est à sec.
— Ce n'est qu'une photo, Alison.
— Arrête de me prendre pour une gourde. Il y a des photos qui font plus mal que des coups de poing. T'es le mieux placé pour le savoir, une photo n'est jamais juste une photo. C'est une histoire, une excitation, une angoisse que t'imposes aux autres. Alors torpille-moi ce compte avant que...
— Avant que quoi?
— Rien, James, j'ai pas envie de te menacer. T'as déjà le monde entier au cul, pas besoin d'en rajouter une couche. Fais ce que tu as à faire.

Il entend l'abattement dans la voix d'Alison et cela le chavire. Il s'attendait à une engueulade maison, elle lui offre une remontrance parfumée d'élans maternels. Pour un peu, elle le prendrait dans ses bras. C'est plus qu'il ne peut supporter.

Et la journée ne fait que commencer.

Nathan le texte en milieu de matinée. «Tu devrais passer au studio.» Ce n'est pas une invitation de courtoisie, il le comprend dès qu'il arrive au quatrième étage de l'immeuble de briques rouges sur Van Ness. Les portes du local industriel sont recouvertes d'un tag rouge: *Fuck That Red PenIS*.

« C'est tellement facile d'être poète quand on reste anonyme », peste James. Bien plus que les insinuations d'Iris, bien plus que les reproches d'Alison, bien plus que la sanction du musée, ces mots sanguinolents le frappent en plein ventre. Et en plein nombril. La rancune envers sa mère, sa jeunesse réfrigérée, sa carrière carbonisée, tout est là, devant lui, étalé à la bombe aérosol sur une porte en acier, toute son histoire graffitée à la va-vite et réduite à sa plus simple expression : un pénis, c'est-à-dire un ego.

À l'intérieur, la tension est palpable. Les artistes avec qui il partage le loft sont en réunion de crise dans la cuisinette. Ils se taisent dès qu'il entre, mais leur brouhaha critique flotte encore dans l'air. À son bureau, Nathan jongle d'un téléphone à l'autre, d'un client à l'autre, d'une excuse à l'autre. Il l'accroche deux secondes pour un bilan express de la situation.

— Ça dérape, James, il faut faire quelque chose.

Sa voix est relativement posée, mais ses joues sont rouges et son front luisant.

Il a raison, c'est le temps d'agir.

James se dirige vers ses collègues. Une artiste peintre, un autre photographe, un vidéographe et un jeune punk qui crée des environnements immersifs pour des groupes de rap. Du monde allumé avec qui il aime prendre une bière le soir après un shooting. Du monde ouvert avec qui il débat souvent des nouveaux courants qui émergent sur la scène culturelle. Mais pas le genre de monde à se pointer au bureau à neuf heures du matin pour le plaisir. Ils touillent leur café, la mine basse.

C'est le punk qui brise la glace:

— Désolé pour ta mère.

— Je vais repeindre la porte, répond James illico.

— Tu ne veux pas la prendre en photo avant? Et la mettre sur Instagram? lance Gloria, une artiste qui s'est fait connaître avec ses spirales carrées peintes sur des toiles rondes. Écoute, continue-t-elle, on est harcelés par les journalistes, c'est le défilé des curieux qui viennent nous flairer le derrière, ça n'arrête pas. Le propriétaire vient d'appeler, il ne veut pas de problème.

— Moi, je m'en fous des chasseurs de potins, poursuit celui que tout le monde appelle V-Doc, le vidéographe. Peut-être même que ta photo est un coup de génie. Mais ça nous met dans une situation... Tu aurais dû voir les regards dans l'ascenseur hier, ça faisait mal, je me suis senti comme le meilleur pote d'un violeur. On ne te demande

pas de partir vraiment... peut-être juste d'annoncer sur les médias sociaux que tu as quitté le local. Et d'effacer ton nom sur la plaque dans le couloir, pour calmer le j...
— Ne pas partir mais disparaître. C'est un jugement ou une condamnation? coupe James. Le bail est à ton nom, V-Doc, je vais te payer deux mois de loyer et «m'effacer», comme tu dis.

La rancœur rend son pas plus lourd lorsqu'il rejoint Nathan. Il regarde son bras droit supprimer un énième projet sur le calendrier de production, il l'écoute parlementer au téléphone avec l'énergie du désespoir.

— Arrête-toi, Nathan, arrête tout. Tu as l'air d'un matelot du *Titanic* en train de sauver calmement des passagers paniqués... C'est noble, mais inutile: j'ai déjà coulé! Alison m'a torpillé à l'aube, les artistes veulent que je me saborde, fin de l'aventure. James Becker, le photographe insubmersible, est au fond de l'eau.

— Sortez les mouchoirs! Arrête ta comédie, James. Je te rappelle que le seul acteur diplômé ici, c'est moi. Tu veux bien ne pas me piquer mon boulot, s'il te plaît?

— Ton boulot... justement. Tu vois bien que tous mes engagements sont en train de sauter, je n'aurai bientôt plus les moyens de te payer. Et puis, pour foutre en l'air ma carrière, je n'ai pas besoin d'assistant, je réussis très bien tout seul. Alors plutôt que d'essayer de sauver mes contrats, tu ferais mieux de sauver ta peau et ton CV. Trouve un autre studio, un autre photographe, tu es super bon, tu as plein de contacts dans la mode, alors *go*, pars d'ici et occupe-toi de ton avenir.

— Alors, quoi ? Il faut que je disparaisse moi aussi ? Décidément, c'est une manie ici.

James peut jouer les divas blasées et offensées avec ses collègues, mais avec Nathan, ça ne prend pas. C'est un radar sur deux pattes — deux pattes très musclées d'ailleurs —, qui capte tout avant tout le monde, même l'invisible et l'insondable. Même les sentiments cachés derrière un déni refoulé sous une épaisse couche d'arrogance. James doit changer de discours.

— Je ne sais pas trop ce qui se passe avec cette photo, Nath. À la base, c'était juste un clin d'œil personnel, une petite revanche sur l'histoire. Mais là, ça prend des proportions… Je pourrais l'effacer en quelques secondes, comme ça, pouf. Mais non, je persiste, et je regarde mon royaume tomber en ruine.

— Ton royaume ? Narcisse, sors de ce corps ! Tu me déçois, James. Pas parce que t'as profané le cadavre de ta mère, ça je m'en fiche. Mais que tu me voies faire carrière dans la mode, c'est mal me connaître. J'ai pas envie d'aller bosser pour une prima donna du chiffon. Ils se prennent trop au sérieux. Toi, tu fais tout... en dilettante. C'est ça, cette espèce de désinvolture, qui donne de la valeur à tes photos, t'avais pas réalisé? Et c'est cette même désinvolture qui choque la planète entière. T'as lâché une bombe, mais au lieu de réparer les dégâts, tu les contemples. C'est que tu dois trouver ça beau, non? Tu te plains que c'est la fin du monde. Mais c'est la fin d'un monde que t'aimes pas tant que ça. Alors au lieu de te regarder sombrer, demande-toi si c'est pas plutôt une chance à saisir. OK, je vais rentrer chez moi, OK, je vais penser à mon avenir, mais je vais pas me chercher une job ailleurs. Ma job, c'est d'attendre que tu te réveilles.

James est soufflé, le petit a du cran... et un sens très design de l'humour. Les post-it qu'il a collés sur le bureau forment un grand bonhomme sourire. Cela donne à James le courage de rappeler ces dizaines de clients qui veulent lui parler *en personne* pour avoir sa version des faits, ses explications, avec si possible un scoop au passage.

Cloîtré dans son repère de Beaver Street, James contemple sa vie tomber en lambeaux sur les réseaux sociaux. Pour autant, il ne se résout pas à supprimer la photo du compte Instagram That_Red_Pen. Cela reviendrait à nier le désastre de son enfance et à absoudre Solange. Et ça, il n'y arrive pas. «Désinvolture», dirait Nathan. «Caprice de star», renchérirait Alison. Mais qu'importent les foudres de son agente. De toute façon, ses petits contrats corpos ont été annulés. Les gestionnaires de la fondation du musée l'ont fustigé. Au fond, il l'a compris, ils sont soulagés: avec sa photo au stylo rouge, il leur a donné le prétexte parfait pour annuler une opération avec laquelle ils n'ont jamais été tout à fait à l'aise. Si même les musées misent sur le statu quo pour promouvoir l'art contemporain, où va le monde libre?

Si les journées débordent d'appels coups de gueule et de mises au point, les soirées, elles, sont d'un calme monacal. Ses relations l'évitent, ses pairs le fuient, ses amis l'oublient. Il est plus ostracisé qu'un pestiféré au Moyen Âge. Le silence et la solitude s'imposent peu à peu comme ses seuls compagnons d'infortune, des compagnons qu'il n'a pas choisis et qui le requinquent bien peu. La vieille chipie de madame Sanford l'a pris de court lorsqu'il l'a croisée une fin d'après-midi dans les escaliers. Elle revenait de faire ses courses, il allait chercher du vin pour une autre soirée en tête-à-tête avec lui-même.

— Vous avez l'air déprimé, mon petit James. Je le disais à Edgar ce matin, il manque une femme dans votre vie. Vous êtes trop jeune pour être triste.

— Edgar?

— Oui, Edgar, mon chat.

Équipé de deux bouteilles de Clos du Val de la Napa Valley, James tente de parler à Mary-Ann. Il lui laisse un message, puis un autre. Elle répond par un simple texto en fin de soirée, aussi succinct qu'assassin. « Je n'ai pas envie d'un antihéros anarchiste et immoral dans ma vie. Et encore moins dans mon lit. Ce que tu as fait est dégoûtant. Bye. » Manifestement, la mère de famille conservatrice a pris le dessus sur la maîtresse adultère. En temps normal, il ne se donnerait même pas la peine de répondre. Mais cela fait déjà un moment qu'il n'y a plus de normalité dans son existence. Alors il se défoule sur le clavier de son téléphone. « C'est vrai que prendre un amant quand on a trois enfants est tellement plus moral. Bye. » Il avait besoin de sa tendresse. Elle ne lui a offert que son mépris.

Les seuls qui se proposent de le chaperonner dans cette descente aux enfers, ce sont les chefs d'agence et directeurs artistiques, qui, soudainement, multiplient les invitations à prendre un café, une bière, un verre ou deux ou trois. Ce sont d'anciens clients, des influenceurs publicitaires, des partenaires de travail devenus des copains au fil des ans. Des hipsters victorieux au corps parfaitement sculpté et au look savamment arrangé, qui nourrissent leur créativité des tendances les plus déjantées et de toutes les étrangetés de la société. Pour eux, fréquenter le renégat des podiums n'est pas un risque à prendre: c'est un must absolu dans la panoplie des accessoires de mode dernier cri.

Ils sont ce soir-là dans un bar japonais caché au fond d'un petit passage de Haight-Ashbury. Aucune enseigne n'indique l'entrée de l'établissement. Pour y accéder, il faut frapper à une porte anonyme, entre un garage et une palissade, suivre un long couloir mal éclairé et emprunter un escalier en colimaçon branlant avant d'aboutir dans un espace sans fenêtre que meublent un imposant comptoir central et une trentaine de minuscules tables basses. Du plafond pendent des centaines de bouteilles de saké, accrochées à des esses en acier comme des quartiers de viande dans un abattoir. Selon les commandes, les serveurs décrochent les nectars avec des perches en bambou, servent les consommations puis remettent les sakés à leur place, entre terre et ciel.

— Dassai 23 pour tout le monde? demande Sam à la ronde, en connaisseur.

La soirée s'annonce chaude. Sam, c'est le chef de la création de B-Block, l'un des *labs* les plus novateurs de Californie. James s'est habitué avec le temps à cette sémantique codée, qui réinvente à chaque changement de saison ou presque le concept d'agence de publicité. Il y a eu les studios, les box, les offices, les comptoirs, les boutiques... En ce moment, ce sont les laboratoires qui fleurissent. *Labs*, pour les initiés.

— Levons notre verre au nouveau gourou de l'impiété! lance le boute-en-train lorsque tout le monde est servi.

Il se tourne ensuite vers James et poursuit en baissant légèrement la voix, pour que sa confidence ne demeure pas trop confidentielle:

— Écoute, ça ne doit pas être folichon pour toi en ce moment, mais j'ai peut-être une ouverture. On a un client qui cherche à faire un *stunt* publicitaire, genre un vraiment gros coup à l'échelle nationale. Je ne lui ai rien vendu encore, mais j'aimerais lui proposer ta photo. Certains y verront de l'opportunisme. Moi, je considère plutôt ça comme un retour en grâce de l'enfant terrible. Et avec les droits d'auteur, tu pourras aller te faire oublier deux mois aux Bahamas...

— Sympa, mec, mais je te trouve optimiste. Quelle compagnie va oser se mouiller avec un obsédé du cercueil?

— Des pompes funèbres, justement! Imagine le coup de la mort, sans jeu de mots. Mon équipe a déjà préparé des maquettes. En arrière-plan, ta photo, en gros, avec une simple question en surimpression: «Avez-vous signé vos préarrangements funéraires?» Avoue que c'est génial.

— Génial mais prévisible, ironise James. J'avais plutôt pensé devenir porte-parole pour la fête des Mères.

Toute la table s'esclaffe. On s'extasie, on extrapole et chacun y va de sa petite idée macabre pour exploiter au mieux la photo de James. Le capitalisme n'a pas de tabou et ses copains, pas de filtre. Imbibé de saké, lui-même alimente un moment ce remue-méninges aigre-doux, se laissant bercer par cette frénésie marketing qui le glorifie, comme au bon vieux temps. Mais aujourd'hui, ce n'est plus lui en tant que photographe qui intéresse ses amis, c'est son scandale, sa notoriété vénéneuse, sa chute.

— Qu'est-ce qu'on s'amuse, hein? lance-t-il sur un ton cassant-froid-cynique qui fait soudain taire tout le monde. Je suis quoi pour vous? Un animal de cirque? Un chien savant qui ne sait plus rien? Un éléphant sans défenses? Un singe qui a raté sa grimace? Oui, c'est ça, un singe. C'est tellement comique un singe.

Et là, sous le regard incrédule de ses copains, James se met à faire le singe. Littéralement. Il monte sur la table, se frappe la poitrine avec ses poings, se gratte les aisselles et les fesses, ostensiblement, cherche des poux imaginaires sur la tête de Sam, les porte à sa bouche, saute sur une chaise qu'il renverse, tire les cheveux d'un directeur artistique et fait revoler l'assiette de chips dans les airs avec des hurlements de macaque enragé.

Puis, avant même que les chics publicitaires ne puissent prononcer ne serait-ce qu'une onomatopée, il récupère son blouson et, le plus calmement possible, tire sa révérence:
— Je déteste les Bahamas!

Avant de se coucher, pour faire retomber l'adrénaline de ce show burlesque et laisser s'évaporer l'alcool qui plombe ses pensées, James regarde les photos qu'il a prises lors de la Marche pour la vie. Elles parlent, elles crient, elles revendiquent. Mais c'est tout. On ne sent ni le fanatisme des manifestants, ni la ferveur d'Iris. Il imagine le verdict d'Alison: «Il y manque des couilles.» Même la bonne sœur dans son infinie compassion semble avoir perdu son latin d'église: on est très loin d'une pause mystique. James est déçu. Déjà qu'il n'a plus de carrière, si en plus il n'a plus de talent, c'est la fin des haricots.

Il n'est ni douché ni habillé lorsque Iris sonne chez lui le lendemain. Il est pourtant dix-sept heures.

Le pas qui traîne, le visage bouffi, les yeux vitreux de ceux qui ont croisé des fantômes toute la nuit, elle scanne tout en deux secondes douze et ajoute spontanément une touche de jovialité à sa voix.

— Oh là là, ça sent le Xanax ici. Tiens, je t'ai apporté un remontant.

Elle ne lui laisse pas le temps de réagir ou de l'éconduire, se dirige vers la cuisine et ouvre la bouteille de vin.

— Tu n'as pas peur de fréquenter un dégénéré?

— Au contraire, tu sais bien que les âmes perdues m'attirent. Mais «dégénéré», tu y vas fort. Sois plus indulgent avec toi-même, mon James.

— Ce sont les gens du musée qui m'ont sorti ça l'autre jour. «Dégénéré».

— C'est exactement le même mot qu'utilisaient les nazis pour qualifier l'art moderne. Pablo Picasso: dégénéré! Otto Dix: dégénéré! Marc Chagall: dégénéré. Max Ernst: dégénéré! Ça ne leur a pas trop mal réussi...

— C'étaient de vrais artistes!

— Et toi, t'es quoi, gros nigaud? Essaye de changer de point de vue, James, et oublie ta maman dix minutes. Elle a joué son rôle de mère: te faire exploser. Et ça a très bien marché. À partir de là, tu as deux options. Soit tu te morfonds pour le restant de tes jours en t'assoyant sur les décombres. Soit tu te sers de ton art pour faire taire tes détracteurs et rebondir. Mais je t'en prie, joue pas la victime...

— Et toi, ne joue pas la psy à deux sous.

— Je ne connais pas grand-chose à la «création», mais normalement, ça stimule les artistes tous ces trucs un peu lourds, la tension, le rejet, la culpabilité, non?

— Tu sais ce qu'on m'a proposé aujourd'hui? De faire des photos d'Halloween pour une boutique de costumes. Clic madame Citrouille, clic monsieur Zombie, clic Jack l'Éventreur. C'est ça ma valeur sur le marché, je ne peux tomber plus bas. Au fait, tu as revu ton flic?

— Allez, hop, double salto arrière et changement de sujet. T'es incorrigible, James. Et non, j'ai pas eu de ses nouvelles. C'est pas grave, c'était pas monsieur Parfait. Ni le coup de l'année d'ailleurs. Mais je progresse...

— Quoi? Qu'est-ce qui se passe? Ça fait juste quelques jours qu'on s'est vus.

— T'es bien placé pour savoir que quelques jours peuvent suffire pour changer une vie, non? Mais tu sauras rien. Pas avant que tu te laves et que tu te remettes à la photo. C'est ton truc la photo, pas l'autoflagellation. On trinque à ça?

— À quoi?

— À la régénération des êtres dégénérés!

8

Paris, 1969

En cette clémente soirée d'octobre, Solange s'installe avec ses vingt-six copies à la table en demi-lune qui lui sert de bureau, de coiffeuse et de comptoir de cuisine. Au menu, le personnage d'Antigone sur lequel elle a fait plancher ses élèves. Ce n'est pas au programme du ministère, mais elle estime qu'en pleine puberté, ses élèves ont plus besoin d'Anouilh que de Racine.

Elle a décidé de conserver pour cette année encore son logement d'étudiante, une lilliputienne chambre de bonne au huitième étage d'un immeuble très comme il faut. Elle se cogne régulièrement au plafond de la mansarde, mais peu importe : les Invalides sont à deux pas et, de la lucarne ronde, elle peut chaque jour laisser son regard gravir les marches de la tour Eiffel. Alors elle tolère les voisins qui toussent, la tapisserie qui frise et le lit métallique qui couine. Elle tolère et elle regarde par la fenêtre.

Son crayon rouge d'habitude si leste marque un arrêt devant la copie de Claude Delage, un torchon souillé d'autant de taches que de fautes. Un vrai champ de mines où chaque mot est une attaque contre les règles de français. Mais il en faut plus pour arrêter Solange, qui, dans ce terrorisme orthographique et grammatical, discerne une vivacité d'esprit et une liberté de penser qui va au-delà de la bouillie académique habituelle. Claude Delage, c'est cette élève à l'allure négligée qui, à la question «Qu'attendez-vous?», avait répondu sans hésiter mais avec un détachement presque hautain: «De la beauté.» Solange en avait frémi.

— Puis-je vous parler? demande Solange alors que Claude s'apprête à sortir de la salle de classe.

C'est déjà la troisième fois qu'elle tente une approche, mais la jeune sauvageonne maîtrise l'art de l'esquive mieux que l'accord du verbe fuir.

— Une autre fois, on m'attend.

— Eh bien «on» va attendre encore un peu, répond Solange en claquant la porte avant que Claude ne l'atteigne. Mademoiselle Delage, expliquez-moi comment l'élève la plus sensible de cette classe est aussi celle qui obtient les pires notes?

Vous percez les intentions des auteurs, vous vous projetez dans les personnages, vous voyez toutes les ficelles, mais vous ne savez pas écrire, c'est dommage.

Claude ne répond rien. Elle regarde le bout de ses souliers sales, puis ceux de sa professeure, impeccablement astiqués.

— Cela vous fait sourire? Vous arrivez en retard la plupart du temps, vous somnolez pendant les cours, vous bayez aux corneilles. Et jamais vous ne prenez la peine de vous relire. Êtes-vous fainéante?

— Vous pouvez pas comprendre.

— Mais je ne suis pas là pour comprendre, je suis là pour...

Solange s'interrompt. Les mots qui sortent de sa bouche sont plus durs que ce qu'elle aurait aimé. S'apprête-t-elle vraiment à tenir un discours rétrograde sur la valeur morale de la littérature et l'importance d'une éducation classique complète?

— Je suis là pour vous révéler la beauté du monde. Vous êtes douée, mademoiselle Delage, mais il faut travailler davantage. Je pourrais vous donner des cours de soutien, si vos parents...

— Y voudront pas, y ont besoin de moi au magasin. Y s'en foutent de l'école!

— Et vous? Est-ce que vous vous en fichez? Je n'ai pas eu cette impression en lisant votre copie sur Antigone.

— Elle, c'est pas pareil, elle parle vrai.
— Je pourrais vous apprendre à parler vrai. Et à écrire juste. Vous avez tout le potentiel pour réussir votre bac et suivre de brillantes études, croyez-moi. Alors c'est d'accord?
— Ça me dérange pas. Mais y vont rouspéter, c'est sûr.

9

San Francisco

Tourner en rond dans un appartement rectangulaire rend la déprime de James mathématiquement intolérable. Il a trié les livres de sa bibliothèque, rangé ses piles de vêtements, récuré les moindres recoins de la cuisine, repeint un mur de la salle de bains qui s'écaillait, dépoussiéré les luminaires et nettoyé toutes les vitres. À moins de recommencer dans le sens inverse, il n'y a plus rien sur sa liste des choses à faire «non urgentes pouvant attendre un autre siècle».

Si l'homme d'intérieur s'est surpassé dans l'ennui, l'artiste, en revanche, reste prostré sur son champ de ruines. Le seul projet qu'il parvient à mener, c'est de faire développer sur une nouvelle bannière en papier le Sunshine Skyway Bridge de Tampa Bay. La photo est un peu différente de celle qu'il a exposée à New York, plus verticale, plus linéaire aussi, laissant aux deux mâts toute la latitude d'aller chatouiller les nuages. Pour ces tours architecturales que les haubans rendent pyramidales, *the sky is the limit*. Mais pour James, la limite est bien basse. Trois mètres. La hauteur de ses plafonds.

Dans les médias, le scandale a perdu de sa popularité, bousculé par le énième divorce d'un bouffon d'Hollywood, mais les effets secondaires, eux, perdurent: une agence de New York le contacte pour une campagne humanitaire, lui demandant de céder les droits de sa photo à une association qui défend la liberté d'expression des journalistes. Moins morbide que les plans de ses copains publicitaires, le projet se tient. Et l'idée de transformer sa photo vengeresse en un message universel de paix séduit James, même si le contrat est «à titre gracieux».

La lettre que lui apporte un coursier à vélo le lendemain le fait changer d'avis: il n'a officiellement plus les moyens d'offrir gratuitement son œuvre et ses services. La marque de crayon qu'il a utilisée pour la photo de Solange le poursuit pour «usage inapproprié de son produit phare dans une image dégradante devenue publique». Aux États-Unis, on ne plaisante pas avec le mot «inapproprié». L'entreprise justifie son action par une baisse des ventes et une atteinte à sa réputation. On recommande à James de transmettre au service juridique les coordonnées de son avocat, et on lui intime de détruire la photo, de ne plus la véhiculer sur quelque support que ce soit, et de ne plus utiliser cette marque de crayons pour ses œuvres futures, sous peine d'autres poursuites...

Il n'a pas le temps de finir la passionnante lecture de cette prose juridique qu'Alison l'appelle. C'était prévisible.

— T'es fier de toi?

— Bonjour Alison, ça va bien, merci. Laisse-moi deviner, tu as reçu le message d'amour de Writing Toys!

— Dix millions de dollars de dommages et intérêts, plus les frais d'avocats. Va falloir casser ta tirelire mon trésor, parce que c'est pas Queen Alison qui va vendre ses bijoux pour te tirer de là.

— Tu n'auras pas besoin. Cette lettre est la meilleure chose qui me soit arrivée depuis des semaines.

— T'as bu ou quoi?

— Alison, on peut se voir aujourd'hui?

— Mon temps est précieux et t'es sur la paille.

— S'il te plaît, il faut que je te voie, je crois que j'ai trouvé une issue. Enfin, mieux qu'une issue...

— Dix-neuf heures à mon bureau. Dix minutes max, j'ai une soirée après. Et si c'est encore un truc avec tes ponts à la con, pas la peine de faire le déplacement.

Il a bluffé parce qu'il sait qu'Alison fonctionne au flair et au bagou. En réalité, il ignore de quoi il va lui parler, il n'a pas d'idée précise, juste une intuition, un truc qui lui a chatouillé l'ego, un minuscule ressort de sa mécanique intérieure qui s'est tendu à la lecture de la mise en demeure.

À dix-neuf heures pile, il appuie sur le bouton 24 d'un des ascenseurs de la Transamerica Pyramid. Quinze secondes plus tard, il pénètre dans le somptueux bureau de Demour Corney and Associates qu'a fondé la Queen de la photo. Il comprend soudain pourquoi Alison lui a donné rendez-vous si tard dans la journée : l'agence est déserte, il ne croisera personne.

Elle est à son bureau, une solennelle table en verre posée sur un tapis beige aussi épais que le contrat qu'elle lui a fait signer au début de leur collaboration. Elle lève à peine la tête lorsqu'il entre dans la pièce, lui désigne d'un vague signe de la main le fauteuil en Plexiglas face à elle, et poursuit la lecture du document sur lequel elle travaille. James en profite pour se perdre dans le panorama qu'offre la hauteur, une vue époustouflante sur Bay Bridge, Treasure Island et Oakland. Il ne peut rater le cadre qui décore le mur, entre les deux fenêtres, avec une jeune fille aux yeux ceints de fard à paupières fuchsia. C'est l'une de ses premières photos de mode sous les auspices de Demour Corney. Cela le met en confiance: il n'est pas encore persona non grata dans le bureau d'Alison.

— Te réjouis pas trop vite, champion, j'ai juste pas eu le temps de refaire la déco.

La chipie l'observe depuis quelques secondes. Elle lui lance un petit sac en papier brun.

— Tiens, cadeau!
— Merci, c'est gentil.
— Ouvre-le avant de faire pipi de joie.

Le sac contient toute une panoplie de stylos, de l'éternel crayon à bille en plastique au feutre de coloriage, en passant par le crayon de couleur pour enfant. Bien entendu, ils sont tous rouges. James rit de bon cœur, mais seul. Alison est imperturbable.

— Ça te fait marrer? Je devrais te les faire bouffer un par un. J'envisage aussi de te facturer les heures supplémentaires qu'ont dû faire mes troupes ici pour gérer ta petite crise d'adolescent attardé. Bon, c'est quoi ton projet?

— Voilà... Enfin... Depuis que ma photo de famille est sortie dans les médias, j'ai encaissé les coups, sans rien dire. Je me suis contenté d'assister à l'effondrement de ma carrière et à l'implosion de mon univers. Je croyais que c'était mon passé qui me rattrapait, que c'était ma mère qui me jetait un sort depuis sa résidence post mortem avec vue sur

le paradis. Je suis resté coincé dans cette histoire ancienne, dans les souvenirs, dans la culpabilité.
— Et ensuite? Abrège, mon chou, je dois filer. *Elevator speech*, ça te dit quelque chose?
Elle enfile son manteau, envoie un texto et invite James à la suivre vers la sortie. Il embraye.
— Dans tout le charabia des avocats de Writing Toys, il n'y a pas une chose qui t'a frappée, Alison?
— Dix millions de dollars! Ça m'a frappé fort.
— Mais non, ils parlent de mes œuvres futures. Pour eux, ça a l'air évident que je vais continuer à faire de la photo. Voilà mon choc de ce matin. Moi je ne crois plus en moi. Toi tu ne crois plus en moi. La mode ne croit plus en moi. Mais quelque part, dans de luxueux bureaux de Manhattan, des sylphides en Louboutin et des pingouins en costume trois pièces pensent que j'ai de l'avenir.
— T'emballe pas minou, ils veulent juste éviter que tu récidives avec leur crayon. C'est pas un tapis rouge qu'ils déroulent, c'est un tapis de clous. Une menace.
Devant l'entrée de la tour, une Lincoln noire et son chauffeur attendent Alison.
— Eh ben reste pas là, planté comme un poteau de téléphone, monte! Tu me raconteras la suite en chemin.
— Mais où on va?

— Y a pas de *on* ici. Moi, je vais à une soirée, et toi, tu vas nulle part. Mais c'est dans ton coin, je te déposerai. Enchaîne.

— Ce qui est marrant, c'est que Nathan m'a tenu à peu près le même discours que les avocats.

— Il est très bien ce garçon. Il mérite mieux que toi.

— Arrête, je me sens mal, j'ai dû m'en séparer. Pas de contrat, pas d'assistant. D'ailleurs, si tu pouvais lui donner un coup de main pour se recaser...

— Je le savais! s'exclame-t-elle sur un ton offusqué. Je le savais que t'avais un truc à me demander. T'es impayable, toi! Bon, qu'est-ce qu'il t'a dit, le gamin?

— Il a émis une hypothèse... Et si tout ce bordel n'était pas juste la fin d'une époque, mais aussi le début d'autre chose?

— Le début de quoi, James?

— Je... Je... Je n'en suis pas très sûr pour être honnête, mais je perçois quelque chose.

— Quand c'est Nathan qui le dit, tu relèves pas. Mais quand des avocats s'y mettent, alors là, monsieur se réveille... T'as quand même un drôle de rapport à l'autorité, non? Je devrais être plus tyrannique avec toi, ça marcherait mieux nos affaires!

— Plus que tu ne l'es déjà?

— T'as encore rien vu, James Becker.

La Lincoln tourne sur Dolores Street et s'immobilise devant une église néoclassique blanche.

— Tu vas allumer un cierge pour mon avenir? demande James, un peu surpris de leur destination.

— C'est ça, compte sur moi, bébé. Je veux pas te stresser, mais t'as toujours pas dit où tu voulais en venir. Et là, je suis arrivée.

Il a soudain très chaud. Son sang bouillonne, son cerveau s'embrase et tourne à vide. Il sent la sueur perler sur ses tempes et ses mains devenir humides, dégoulinantes de panique et de désespoir.

— J'ai eu plein de propositions de travail embarrassantes, voire carrément vulgaires...

— Je sais, les charognards de la com ont aussi cogné à ma porte.

— Ils n'ont qu'une idée en tête: me racheter la photo. C'est comme s'ils voulaient m'en débarrasser... me la dérober. Que ce soit pour de la pub ou des bonnes causes, j'ai tout refusé, sans trop savoir pourquoi. J'ai beau être à sec côté finances, j'ai dit non, instinctivement. Mais maintenant, c'est plus clair.

Alison ouvre la portière, sort de la limousine, réajuste les plis de son manteau. James est tout petit sur la banquette arrière, il se sent glisser sur le cuir, comme une flaque qui sombre vers son point de gravité le plus bas, ses pieds. C'est fini, il a laissé passer sa chance.

Elle s'apprête à refermer la porte, mais au lieu de ça, elle se penche dans l'habitacle :
— Viens prendre un verre, le temps de finir ton topo.

Il fait la tête d'un écolier à qui la maîtresse d'école vient d'accorder dix minutes pour terminer un devoir. Alison jubile de son petit effet. Le bâtiment néoclassique surmonté d'un dôme juste en face du parc Dolores a longtemps été une église à l'abandon, un vestige en attente de tags ou d'un coup de grâce. En levant les yeux sur la façade et ses quatre colonnes royalement éclairées, James redécouvre ce joyau centenaire devant lequel il est passé et repassé des dizaines de fois. Transformée en résidence de luxe et rebaptisée The Light House par des promoteurs visionnaires, la Second Church of Christ Scientist incarne la résurrection architecturale des vieux quartiers de San Francisco... et leur embourgeoisement. Mission Dolores n'a jamais été une partie huppée de la ville, et pourtant, ce soir, déposés par une limousine noire, une femme qui sait compter et un homme qui comptait sont en train de gravir les marches de pierre d'un nouveau palace urbain.

Un individu d'une trentaine d'années vient leur ouvrir. Il a toute la panoplie de l'entrepreneur branché : le jeans stratégiquement troué, les baskets blanches, le t-shirt ajusté et imprimé «be.different.» en typo droite, le crâne quasi rasé, la barbe savamment mal taillée et le regard lointain. Alison prend les devants.

— Bonjour Thomas, je voulais apporter une bouteille de vin. Mais j'ai pensé qu'un artiste donnerait plus de piquant à la soirée. Je te présente James.

— Cool! Entrez. Voici justement Abi.

Précédée du claquement de ses talons hauts sur le marbre, une femme les rejoint dans le hall. James a rarement vu une silhouette aussi naturellement élégante. Élancée sans être maigre, avec un visage avenant, des cheveux crépus dressés en une boule parfaite et des yeux d'un vert saillant, elle tend la main à ses hôtes, une main douce et parfumée que n'habille qu'une seule bague, un très large anneau en acier frappé. Elle semble plus âgée que Thomas, elle pourrait presque être sa mère. Mais ce n'est pas sa mère: elle prend Thomas par la taille pour ouvrir la voie vers l'intérieur de la maison.

Le salon dans lequel ils pénètrent est spectaculaire. De hauteur d'abord, une hauteur que soulignent les immenses fenêtres qui donnent sur le parc et dont certaines ont gardé les vitraux d'origine. De design ensuite: des modules en bois et des structures métalliques apparentes font écho aux vieux murs de brique rouge pour donner à l'espace une ambiance plus industrielle que religieuse. L'ameublement contemporain et les jeux de lumière géométriques créés par une dizaine de lustres noirs alignés confèrent à l'ensemble le raffinement des appartements conçus pour être admirés.

Mais tout ce bon goût millimétré est écrasé par l'immense photo qui salit le mur du fond. Une photo criarde de jaune, de souffrance et d'horreur. Une photo qui a soulevé le cœur et l'indignation de millions de personnes dans le monde. La photo d'un des prisonniers de la prison d'Abou Ghraib, en Irak. L'homme est pieds nus sur un socle en bois et porte un poncho souillé. Ses bras ouverts en croix et sa tête cagoulée sont reliés à des fils électriques. Il s'offre à ses bourreaux. L'un d'eux, à moitié coupé à droite de l'image, est en train de régler son appareil photo. Il ne veut rien rater de la scène de torture qu'il s'apprête à orchestrer. C'est un officier américain.

James ne sait pas combien de temps il reste à méditer devant cette horreur. Quelques secondes, quelques minutes.

— Champagne? l'interrompt Thomas.

— Là, tout de suite, devant cette photo? Non merci, Tom.

— Je préfère Thomas.

— Avouez que cette photo est ignoble.

— Qu'est-ce qui est ignoble? Que cette scène ne soit pas une fiction? Que ses acteurs soient des soldats américains et des agents de la CIA? Que quelqu'un ait photographié le moment exact où le prisonnier se prend la décharge ? Ou que j'aie décidé de faire de cette photo une œuvre d'art ? Je vous le demande : qu'est-ce qui est ignoble ? Vous êtes le seul ici à pouvoir répondre, n'est-ce pas monsieur Becker ?

Son ton énigmatique, entre sagesse à la Yoda et détachement bourgeois, irrite James et le crispe. Non seulement ses hôtes savent très bien qui il est, mais ils ont clairement l'intention de s'en amuser. Il prend la flûte des mains de Thomas, la vide d'un trait et la lui redonne vide.

— La même chose, Thomas. Je crois que je deviendrais alcoolique si j'avais une telle photo dans mon salon.

— Qui vous dit que nous ne le sommes pas ?

— Puis-je savoir comment elle a atterri ici ?

— Demandez à Alison, c'est elle la reine des coups fumants. La preuve, vous êtes dans mon salon ce soir.

— Mais je ne suis pas accroché au mur.

— Pas encore, réplique Thomas avec un rictus.

— Vous avez d'autres «œuvres» du même acabit ?

Thomas ne répond pas, mais l'invite à le suivre d'un simple signe de tête. Dans ce qui semble être un bureau, des éléments de mobilier sont suspendus au plafond. Une table de travail, une lampe, et des fauteuils version balançoire. Comme dans le salon, une gigantesque photo sur le mur de gauche vient déboulonner l'équilibre esthétique avec une violence inouïe. Un homme est en train de frapper une femme. Le geste est flou, la gifle est en cours, elle n'a pas encore atterri sur le visage de la jeune blonde en shorts rayés qui tente de se protéger en levant les bras.

— *Behind Closed Doors* de Donna Ferrato, l'une des premières photos sur la violence conjugale à avoir jamais été publiée. 1982. Ce n'est pas une mise en scène.

Précis et factuel, Thomas guide James d'une pièce à l'autre comme s'il conduisait un groupe de touristes japonais à travers l'enfilade de chambres du château de Versailles. Un antique escalier de bois ciré — étonnant dans cette débauche de modernité — mène à une première suite à l'étage, dont le boudoir en mezzanine offre une vue sur le parc Dolores et une autre sur la fameuse photo de l'ours polaire de Kerstin Langenberger. Il est émacié, se traîne sur un morceau de banquise, on l'imagine mourant.

— 2015. Facebook. La photographe a déduit que l'animal était victime des changements climatiques. Elle s'est fait encenser. Puis descendre quand des scientifiques ont analysé l'image et conclu à un cancer des os. Une histoire de fausses spéculations. Vous vous souvenez? demande Thomas.

Bien sûr que James se souvient.

À l'étage du dessus, dans un salon gris perle qu'éclairent quatre meurtrières en vitraux, James reconnaît la fausse vraie œuvre qui valut à son auteur, Souvid Datta, d'être banni pour plagiat à la fin des années 1970. L'une des prostituées sur l'image est exactement la même — même tenue, même pose — que celle photographiée par Mary Ellen Mark quelques années plus tôt.

— Et vous avez préféré acquérir la photo truquée plutôt que l'originale? s'étonne James.

— L'originale n'est-elle pas déjà une copie de la réalité? esquive Thomas. Rejoignons les autres.

Ils sont accueillis par des «Ah!» complices et une nouvelle bouteille de champagne. Alison a l'air détendu de ceux qui n'en sont pas à leur premier verre.

— Thomas est incorrigible, plaisante Abi, il fait visiter la maison à tout le monde... c'est tout juste s'il n'invite pas le livreur de FedEx à monter dans notre chambre!

Les quatre décident de rire à la délicieuse ambiguïté de cette révélation.

— Il a raison, c'est toute une collection que vous avez là. C'est... impressionnant... Mais pas reposant! D'où vous vient ce goût presque pervers pour la controverse?

— James! le reprend Alison.

— Non laisse, Alison. Vous avez raison, James, tout cela peut paraître pernicieux. Et ça l'est peut-être à certains égards. Voyez-vous, Thomas et moi sommes à la tête d'un important cabinet-conseil en optimisation. Des entreprises de partout dans le pays nous appellent pour faire croître leur productivité en améliorant les processus internes et en...

— Virant des employés, coupe James.

— En proposant une meilleure allocation des ressources, corrige Abi. Nous sommes comme des artistes, nous devons choisir les plus belles couleurs, celles qui seront dignes d'aller sur la toile et de former le chef-d'œuvre parfait. Oh, je ne suis pas naïve, James, je sais ce que vous pensez, mais ne nous jugez pas. La société s'en charge déjà. Parce que nous faisons la sale besogne du capitalisme, on nous craint et on nous méprise. Nous n'avons pas vraiment choisi ce métier, vous savez. Dans la vie, on se laisse porter par des rencontres, par des expériences, et tout à coup on réalise qu'on est au milieu d'une machine de guerre dont la mission ne remportera jamais la médaille de l'honorabilité. Alors nous voilà, deux *outsiders* par accident, toujours en train de jongler avec l'odieux et la polémique. Je crois que ça finit par déteindre sur nos goûts et on choisit de plus en plus des œuvres qui nous ressemblent: dérangeantes, à la limite de l'intolérable, mais nécessaires. Ce n'est pas juste de la perversité, comme vous dites. Quelque part, c'est pour se rassurer, on se dit que nous ne sommes pas les seuls parias. Et puis, c'est aussi une façon d'amnistier des artistes eux aussi rejetés, pour toutes sortes de bonnes ou de mauvaises raisons. Une maladresse, une bourde, une photo trop similaire à une autre, un outrage à un cadavre...

— Je pense que James comprend tout à fait ce que tu veux dire, ma chérie, l'aide Alison.

Thomas pose sur la table basse du salon un plateau de petits fours placés par couleur et par taille. Il remplit les coupes de champagne et propose un toast.

— À That Red Pen!

— Et à ses avocats! glousse Alison en saisissant un canapé de caviar.

James la fusille des yeux. Il ne sait pas s'il doit quitter en courant cette messe noire de l'art expiatoire ou refaire son numéro de singe. Dans le doute, il siffle sa coupe cul sec, prend une grande inspiration, incline la tête pour capter le regard de ses hôtes et lâche le verre à la verticale devant lui, sur le plancher de béton. Avec le cristal, c'est la bienséance et les derniers faux-semblants de la soirée qui volent en éclat.

— Détendez-vous, James, tempère Thomas.

Pourquoi les gens qui s'apprêtent à vous faire mal veulent-ils tellement que vous soyez détendus?

Dentistes, acupuncteurs, critiques d'art, tous prônent la relaxation avant le coup fatal. Y compris Thomas.

— Personne n'est là pour faire votre procès. De toute façon, dans trois mois, qui se souviendra du portrait de votre mère? Vous aurez pris un nouveau nom d'artiste, rasé votre barbe, changé de coupe de cheveux. Vous retournerez au pied des podiums et rebâtirez une florissante carrière de photographe de mode. C'est bien comme cela que ça va se passer, n'est-ce pas?

— Ça arrangerait tout le monde.

— Alors, combien?

— Combien quoi?

James fait mine de ne pas comprendre. Au fond de lui, il sait très bien de quoi il s'agit. Mais il a besoin d'entendre Thomas porter l'estocade.

— Combien nous vendriez-vous la photo? explicite Thomas. Elle a sa place ici, dans le sanctuaire des œuvres révoltantes. Et nous sommes prêts à allonger un sacré paquet d'argent pour vous débarrasser de cet encombrant faux pas.

Mordu par le ton carnassier de la question, soûlé par le champagne et les manœuvres des uns et des autres, James se lève brusquement et se dirige vers la photo du prisonnier d'Abou Ghraib. Elle a été tellement agrandie qu'une fois tout près, on ne distingue presque plus rien du sujet. On ne voit plus que de gros grains de couleur assemblés hasardeusement. Pour donner du sens à tout ça, il doit prendre du recul. Il se retourne vers les trois conspirateurs qui ont adopté une pose mondaine sur les sofas. Ils attendent, jambes croisées, que le vrai spectacle commence.

— Pourquoi est-ce que tout le monde tient tellement à me déposséder de cette photo? J'ai perdu mes contrats, j'ai perdu mon bureau et mon assistant, j'ai perdu mes amis et une grande partie de ma vie... Ça ne vous suffit pas? Le seul truc qu'il me reste, c'est cette photo. Peut-être qu'elle est encombrante, comme vous dites. Mais c'est la seule chose tangible à laquelle je puisse encore me raccrocher. Alors merci, mais non merci... Je suis sûr que vous trouverez un autre raté pour décorer votre chambre à coucher.

Il a parlé vite. Vite et fort.

— Prenez le temps de réfléchir, James. Votre photo est un pavé dans la mare de la rectitude. Elle ne trouvera pas de meilleur écrin qu'ici. Promettez-moi d'y penser.

— T'en fais pas Abi, plaisante Alison pour détendre l'atmosphère, je m'arrangerai pour qu'il y pense. Votre offre est très noble... Alors quoi, James, tu préférerais que ta photo serve de support promo pour un fond de teint ou une marque de slips? Fais pas ton enfant gâté, OK?

James ignore la flèche enduite de curare que vient de lui décocher son agente.

— Abi, votre maison est assez sinistre comme ça, pas besoin d'y ajouter ma mère. C'était une emmerdeuse à la française comme on n'en fait plus. Tout ce qui sortait de sa bouche, c'était des réprimandes, des corrections, du venin. La mort l'a réduite au silence. Ma photo l'a rendue muette pour l'éternité. Du coup, ce n'est plus une photo, c'est... c'est... un manifeste! Voilà, c'est exactement ça, un manifeste artistique en faveur de la liberté d'être imparfait.

Il est excité, euphorique même, soulagé de pouvoir enfin mettre des mots sur cette idée qui mijote depuis le matin.

— Je suis de retour, Alison! C'est ça que je voulais te dire dans la voiture tout à l'heure, avant que tu ne me pièges dans ce traquenard. Hey les mecs, arrêtez de vouloir être parfaits dans tout, arrêtez de vouloir tout corriger, vos abdos, votre nez, votre queue, votre image. Arrêtez de vouloir une peau parfaite, un boulot parfait, une maison parfaite, une vie parfaite. Vous vous faites parfaitement chier pour rien, parce que personne ne vous croit. C'est ça qu'elle veut dire ma photo. Qu'il est temps de faire taire les optimisateurs professionnels dans votre genre. Aux poubelles les correcteurs automatiques et les réviseurs de conscience, les conseillers en perfection et les décorateurs d'âmes, les designers de corps, les donneurs de leçons. Fuck la perfection, m'sieurs dames. Vive la liberté d'être imparfait. Fuck les filtres photo, vive les défauts qui donnent à toute chose du chien et du charme. Fuck les *serial photoshopers*, vive la vérité. C'est ça, mon manifeste. Et désolé pour les chasseurs de trophées, mais on ne vend pas un manifeste.

Alison applaudit, très lentement, seule. Son visage fermé, impassible, ne dit rien qui vaille.

— Joli plaidoyer, James, bravo! Personnellement, la seule chose dont tu m'as convaincue ce soir, c'est que tu es rond comme une queue de pelle. Ramasse-toi, on s'en va.

Thomas engloutit un canapé. Tout cela l'a diverti plus qu'amusé. Il laisse sa femme mener les négociations plus loin. Celle-ci emboîte le pas à Alison et, s'adressant à James, fait une ultime tentative:

— Nous pourrions vous verser une avance. Cela vous permettrait de réfléchir plus sereinement.

— Vous ne lâchez jamais prise? lui rétorque-t-il dans le hall d'entrée.

— Jamais. Au revoir, James. Attendez, vous oubliez ceci.

Elle lui tend en le secouant, comme s'il s'agissait d'une récompense, ou d'un incitatif, le petit sac en papier plein de stylos avec lequel il est arrivé.

Alison l'entraîne sur le trottoir vers la Lincoln qui l'attend.

— Hey Duchesse, depuis quand tu te fais trimballer en limousine nuit et jour? rigole James.

— Depuis que des abrutis dans ton genre me scient les jambes avec leurs conneries. Allez, monte, je te ramène. T'es incapable de marcher.

— Attends... Attends-moi une minute.

Une minute, c'est exactement le temps qu'il lui faut pour remonter les marches, dégainer son téléphone, sortir un stylo rouge du sac en papier, le caler sur son majeur dressé vers le ciel en doigt d'honneur et prendre une photo devant The Light House illuminée.

— Tiens, le voilà mon manifeste! la défie-t-il en se glissant à l'arrière de la Lincoln.

— Ça te suffit pas d'avoir un procès aux fesses, t'en veux un deuxième? Je te préviens, si tu mets cette photo sur Instagram, je te vire.

— Alors tu peux me virer tout de suite, parce que je viens de la poster.

Elle soupire, enrage, soupire à nouveau et donne au chauffeur l'adresse de James, mais celui-ci la corrige.

— Déposez-moi plutôt sur Noe, au coin de Henry.

— Tu crois pas que t'en as assez fait pour aujourd'hui, James? Va te coucher.

— Juste un détour... Un petit boui-boui japonais de rien du tout. J'ai faim, il faut que je mange. Toi aussi d'ailleurs, t'as sifflé autant de champagne que moi. Je t'invite.

Des tables carrées recouvertes de nappes en plastique, des bouteilles de saké vides alignées au-dessus du bar, des cadres disparates accrochés à la va-vite: le restaurant n'est pas le genre d'endroit que doit fréquenter Alison. La propriétaire, une Asiatique d'une soixantaine d'années avec une casquette fixée sur la tête, accueille James d'un sourire franc et l'installe d'office à une table qui semble être la sienne, tout au fond.

— Je me suis toujours demandé..., commence James. Ils font quoi les chauffeurs pendant que leurs patrons font la java?

— Ça va, Karl Marx, joue pas les défenseurs de la classe opprimée. Je l'ai libéré, le chauffeur. Tu me trouveras un taxi.

Un serveur apporte un pichet de saké et une première série de sushis.

— Mais j'ai même pas regardé le menu! proteste Alison.

— Ici, c'est chez moi. Il n'y a pas de photo abjecte au mur, pas d'objet de plus de dix dollars et pas de Cruella en talons hauts. Juste un cuistot adorable et une bouffe incroyable. On attaque?

Sans se donner la peine de répondre, Alison détache ses baguettes. Quelque chose est en train de se passer chez son poulain, et malgré l'ivresse, malgré la fatigue, malgré le fiasco qu'il vient de lui faire vivre, elle veut être là quand il va accoucher. Car il est sur le point d'accoucher, elle le sent.

— Je m'excuse pour ce soir, j'ai trop bu... et tes collectionneurs m'ont fait péter les plombs avec leurs manigances et leur snobisme.

— Excuse-moi ma biche, mais sur l'échelle de la snobitude, t'es le maître absolu! Pour la diplomatie par contre... Enfin passons. Tu sais, c'est moi qui leur ai trouvé toutes les photos. Et je te jure que rien de tout ça n'était prémédité. J'y allais pour leur proposer la photo de Griezmann déguisé en basketteur noir.

— Griezmann, le joueur de football?

— Lui-même. Son *blackface* a fait le tour du monde, tu te souviens.

— Qu'est-ce qu'il y a dans leur chambre à coucher? Thomas n'a pas voulu me la faire visiter.

— Il y a... Il y a de la place pour toi et ton avenir. Je pense qu'il y a même de la place pour tes crises d'ego à deux balles. Dis-moi, mon canari sans cervelle, tu t'en vas où avec tout ça? Ta soi-disant idée de génie, ton petit numéro de clown, ton manifeste, toutes ces foutaises? T'as quoi derrière la tête? Parce que là, je viens de perdre deux clients. Deux très gros clients. Sans déconner, je ne sais même pas pourquoi je suis ici avec toi à m'empiffrer de riz.

Il fait mine de ne pas l'écouter et pianote sur son téléphone.

— Oui!!! lance-t-il en retournant l'appareil vers elle.

Elle ajuste ses lunettes et distingue vaguement la photo d'un doigt d'honneur.

— Oui quoi? Je comprends pas James, t'expliques à Mémé? Moi aussi j'aimerais pouvoir hurler ma joie.

— La photo de tout à l'heure, celle que j'ai prise devant The Light House, elle a déjà reçu des centaines de cœurs... en quinze minutes! Ça veut dire que tous les tordus et les amateurs d'art, bref, que tous les voyeurs qui se sont abonnés au compte That_Red_Pen, ils sont toujours là, en latence... Ils attendent la suite de l'histoire. Ils veulent que ça continue, que ça les surprenne encore, que ça les secoue. Putain, c'est génial. Regarde, ça n'arrête pas de monter. Ça marche!

— Dans tous ces accros au scandale, tu vas bien trouver un avocat qui va te défendre gratos contre Writing Toys, non?

— Ne sois pas cynique Alison, vois le bon côté des choses. Ce que je veux t'expliquer, c'est qu'il semble y avoir une communauté That_Red_Pen qui aime mon crayon rouge et qui en veut plus.

— Et je fais quoi, moi, dans tout ça, mis à part réparer les pots cassés et assister à tes coups d'éclat?

Après avoir crucifié ta mère, tu viens de tuer mon *deal* de ce soir. C'est officiel, je suis déprimée. Ressers-moi de ce truc dégueulasse.

— T'en fais pas trop. À l'heure qu'il est, Thomas le vampire et sa femme Dominatrix sont en train de se marrer comme des bossus devant un ours polaire à l'agonie. Quant à toi, commence par...

— Par quoi, James? Vas-y, dis-le-moi, explique-moi mon travail.

— Par avoir confiance, Alison. Juste avoir confiance. Comme quand on s'est rencontrés, tu te souviens? Ça a cliqué immédiatement entre nous. Je veux retrouver cette complicité. La mode, c'est fini pour moi. Mais pas la photo. Mon crayon rouge a un public désormais, et je n'ai pas l'intention de le décevoir. Tu embarques avec moi?

— Va te faire foutre.

Dans son vocabulaire, ça veut dire oui.

James est tellement excité qu'il ne ferme pas l'œil de la nuit. Le champagne, le saké et son nouveau crédo fermentent dans son sang et irriguent sa créativité. L'aube pointe à peine sur Bay Bridge lorsqu'il passe sous la douche. Dans le miroir, il ne voit pas ses yeux lourds de sommeil, il ne voit pas ses cernes noircis par l'alcool, il ne voit pas ses cheveux un peu plus grisonnants: il voit un homme qui se tient debout avec un nouveau champ artistique à cultiver et une furieuse envie de reconquérir son monde.

Il dévale ses escaliers joyeusement, prend Castro vers le nord, puis Divisadero, et poursuit à grandes enjambées jusqu'à Broadway, dans Pacific Heights. Dans cette partie haut perchée de la ville, les gens riches et célèbres bénéficient d'une vue spectaculaire sur Alcatraz et les Marin Headlands. Un peu partout, des jardiniers taillent des buis au cordeau, arrangent des cascades de bougainvilliers et tondent les pelouses avec la précision d'horlogers suisses. Des livreurs de meubles, d'eau, de fleurs, de vin et de bonheur sillonnent les allées dans des camionnettes noires rutilantes marquées de lettres d'or. Des étudiants racés en jogging Gucci promènent des hordes de chiens tout aussi racés.

James adore cet endroit paisible, mais n'envie pas pour autant les princes du e-commerce ou de la finance qui y habitent. Enfin si, un petit peu quand même. Il leur envie ce panorama ouvert sur la mer, la terre et le ciel, sur les quais en contrebas et sur ces rues dont la pente fait toujours frissonner les automobilistes. Il s'assoit quelques instants en haut de l'escalier de Lyon Street, se faisant tout petit pour ne pas gêner les sportifs qui montent et descendent les trois cent trente-deux marches avec l'agilité de jeunes chevreaux. Au loin, un porte-conteneurs actionne sa corne de brume alors qu'il s'apprête à sortir de la baie en passant sous le Golden Gate Bridge. Avec ses cubes de toutes les couleurs, il a l'air d'un Lego voguant dans une baignoire.

La matinée est fraîche malgré le soleil éclatant, James frissonne. C'est là que tout a commencé lorsqu'il est arrivé à San Francisco la première fois, il y a près de trente ans. C'est là que tout peut recommencer.

En descendant Lyon Street, il texte Nathan : «Rendez-vous à midi à Fort Point.» Il envoie un deuxième message quelques secondes plus tard : «Apporte une pince à barbecue.»

10

Paris, 1969

Même si elle arrive systématiquement en retard ou agitée ou les deux, Claude ne rate jamais ses cours particuliers. Aujourd'hui néanmoins, elle est particulièrement fébrile. Ses doigts aux ongles rongés martèlent le pupitre, torturent les crayons et massacrent les pages du Zola ouvert devant elle. Solange ne pose pas de question, toute approche directe serait fatale au lien de confiance qu'elle tricote lentement mais sûrement avec son indomptable protégée. Elle doit trouver une autre stratégie.

— Rangez vos affaires et suivez-moi.
— Où on va?
— Dans le ventre de Paris!

Elles passent devant le bureau du surveillant général, petit homme chauve et gris qui voit tout, entend tout et répète tout au proviseur. Ce qui en fait, aux yeux de l'administration, un excellent collaborateur. Solange frappe à sa porte, glisse la tête dans l'encadrement, lance à la va-vite « Nous allons visiter les lieux qui ont inspiré Zola! », et s'éclipse furtivement pour ne pas s'exposer à un probable veto. Direction: les Halles de Paris.

Le spectacle qui les attend est désopilant. Les dix pavillons qui, il y a quelques mois encore, bouillonnaient de vie, de couleurs et d'odeurs, sont déserts.

— J'ai complètement oublié que le marché avait déménagé en banlieue, s'excuse Solange.

— Comme c'est beau! murmure Claude, impressionnée par cette immense friche urbaine.

Elles s'assoient sur un tas de cagettes oubliées et l'étudiante commence à lire à voix haute un passage du *Ventre de Paris* de Zola: « *Les revendeuses, les marchands des quatre saisons, les fruitiers, achetaient, se hâtaient. Il y avait des bandes de caporaux et des bandes de religieuses autour des montagnes de choux; tandis que des cuisiniers de collèges flairaient, cherchant les bonnes aubaines.* »

Un vieil homme en veste de travail bleu foncé, un mégot vissé entre les lèvres, s'approche d'un pas triste. Il s'arrête près d'elles et s'appuie à une colonnette en fonte, laissant promener sa main sur l'acier froid comme s'il le caressait. Claude poursuit, d'une voix plus incertaine: « *On déchargeait toujours, des tombereaux jetaient leur charge à terre, comme une charge de pavés, ajoutant un flot aux autres flots, qui venaient maintenant battre le trottoir opposé. Et, du fond de la rue du Pont-Neuf, des files de voitures arrivaient éternellement.* »

Le vieillard renifle et se lamente en se mouchant bruyamment dans un tire-jus qui semble avoir déjà absorbé toute la misère du monde.

— Pendant soixante ans, j'ai vendu les salades de mon jardin ici. Pis un matin, pfft, pus rien. Y voulaient plus grand, plus moderne. Chu trop vieux pour aller aux nouvelles halles. Qu'est-ce qu'y me reste? Mon jardin, y donne pus rien. Y déprime. Pis moi, chu un fantôme.

— Vous n'êtes pas un fantôme, monsieur, vous êtes un souvenir, tente de le consoler Solange. C'est plus vivant, un souvenir.

Mais, le vieillard s'est déjà éloigné.

— La leçon est terminée, mademoiselle Delage. Qu'allez-vous en retenir?

— Que les mots peuvent faire apparaître des gens et les faire pleurer.

— S'ils sont bien écrits! Uniquement s'ils sont bien écrits. Allons-y, je suis en retard.

— Vous avez un rendez-vous galant? plaisante Claude.

— Galant? Avec Jean-Paul Sartre? Impensable. Non, je vais juste voir une de ses pièces.

— Je ne suis jamais allée au théâtre. Vous m'emmènerez un jour?
— Oui, peut-être, enfin, cela risque d'être compliqué, il nous faudra les autorisations de la direction et de vos parents...
— Alors ça sera facile. Vous obtenez toujours ce que vous voulez.

11

San Francisco

Ils sont tous les deux allongés sur le tablier du pont et regardent le ciel. Leur corps vibre au rythme des véhicules qui brutalisent les soixante-quinze mille tonnes d'acier dans un flot continu. Les poutrelles beuglent, les câbles chantent, les suspentes sifflent. Le Golden Gate Bridge vit constamment sous tension. Il ne connaît ni la paix ni le silence: jour et nuit depuis 1937, il porte le poids du monde qui bouge sur les épaules de ses deux pylônes, saluant les marins qui entrent dans la baie et priant pour les désespérés qui le prennent pour une rampe de lancement vers le paradis.

James tient l'appareil photo, et Nathan le stylo rouge, au bout de la pince à barbecue. L'un et l'autre coordonnent leurs gestes, tant bien que mal, pour créer une perspective décalée entre la structure orange, en arrière-plan, et le crayon rouge. Ils doivent faire vite: ils n'ont pas demandé d'autorisation à l'administration qui gère le pont et celui-ci est sous surveillance vidéo; d'ici quelques minutes, une patrouille va sûrement venir les déloger. Ils essayent toutes sortes de positions, de contorsions et de dispositions, sous le regard amusé des rares touristes qui traversent l'ouvrage à pied.

Dans le taxi qui les ramène chez lui, sur Beaver Street, James montre à son ex-assistant le résultat de ce premier shooting «à la Red Pen». Il n'attend pas de commentaire. Dans sa tête, il a déjà choisi la photo qui nourrira la curiosité de ses suiveurs sur Instagram. Minimaliste, elle met en perspective le câble porteur *international orange* sur le bleu du ciel. Si l'on y prête vraiment attention, une des suspentes n'est pas tout à fait comme les autres: c'est un stylo rouge.

Pendant que Nathan sirote une bière, James prépare le transfert de la photo et sa mise en ligne. Ce pont, c'est lui, c'est une histoire entre deux rives, un pied en Europe et l'autre en Amérique, c'est un cœur qui se balance au gré des coups de vent, des brouillards salés et des tremblements de terre. Cela lui fait penser à un vers d'une fable de La Fontaine que sa mère lui faisait réciter par cœur quand il avait sept ou huit ans: «Je plie, et ne romps pas.» La douleur de l'humiliation alors qu'elle le corrigeait dans sa diction est encore vive. Ça sera la légende de sa photo.

Il rejoint Nathan dans la cuisine et se sert un verre de vin en attendant les réactions de ceux qu'il a baptisés «les Redpénards», avec un soupçon de scepticisme et de dérision. Pour le moment, cette communauté est une nébuleuse: hormis les quelques énergumènes à l'esprit tordu et à l'humour vitriolé qui ont commenté sa première photo, il n'a pas d'idée précise de qui le suit. Sans doute l'attrait du scandale a-t-il galvanisé les apostats de la société, les excommuniés du statu quo moral, les râleurs chroniques, les justiciers anonymes et les anarchistes de salon pour qui chaque réel fauteur de trouble pris sur le fait est un héros national.

— Ça avance, tes recherches de boulot?

— Si on veut, répond Nathan le sourire aux lèvres. J'ai eu quelques entrevues... mais il n'était jamais question de moi. C'est de James Becker que les studios veulent entendre parler. Mets-toi à leur place, ces mecs-là sont payés pour avoir l'idée du siècle, mais aucune de leurs campagnes n'a jamais atteint le niveau de notoriété de ta photo en si peu de temps. Ils sont perplexes et prêts à tout pour obtenir la recette de ce succès instantané.

— Les cons! Si tu savais les offres foireuses que j'ai eues.

Et James de raconter les loufoqueries que le portrait de Solange a inspirées aux petits génies de la communication, des pompes funèbres à la soirée à The Light House.

— Tu pourrais être riche! s'esclaffe Nathan.

— ... et te réembaucher, je sais.

— Je peux te donner un coup de main en attendant, ça m'amuse ton truc de stylo. On va où pour la photo suivante?

James sait exactement où aura lieu la prochaine séance: dans la forêt de Muir, là où sa mère s'est invitée par un matin brumeux pour mettre un grand coup de crayon rouge sur sa carrière et sa vie.

— On s'en va là où tout ce joyeux merdier a commencé, répond-il à Nathan.

— En France?

— Mon Dieu, non!! T'es fou? On retourne aux séquoias. Tu te souviens, le shooting du viking? L'appel du notaire? C'est dans cette faille spatio-temporelle que je veux planter mon crayon.

— Tu regrettes? Je veux dire, tout ce qui s'est passé, ta photo, le scandale?

— Des regrets? Non. C'est stérile les regrets, ça te laisse le nez collé sur ton caca. Je crois que tout ce cataclysme tient plus du destin, tu vois. Ni bon ni mauvais, juste inévitable, comme dans une tragédie grecque. Mais je ne m'attendais pas à ce que ça soit aussi violent.

— Qu'on le veuille ou non, chaque deuil est une violence.

— De quel deuil tu parles, Nath?

— Ha! ha! ta mauvaise foi est de retour, c'est bon signe.

Le lendemain, le photographe et son assistant sont les premiers visiteurs du parc de la forêt de Muir. L'aube ruisselle d'humidité et des nappes de brouillard promènent leur mystère d'un versant à l'autre de la vallée. Malgré cette purée de pois, James et Nathan retrouvent facilement le séquoia qui a servi de décor au shooting d'il y a quelques semaines. James en fait le tour, silencieux, concentré. Il scrute et caresse le large tronc, centimètre par centimètre, comme s'il cherchait dans les anfractuosités de l'écorce une trace de sa vie d'avant ou une révélation sur ce qu'il est en train de devenir. Mais les arbres ne parlent qu'à ceux qui savent les écouter.

La sonnerie du cellulaire de Nathan met brutalement fin à cette tentative de connexion homme-séquoia. Il décroche, dit quelques mots en se retournant, par discrétion, puis tend l'appareil à James:

— C'est pour toi. Le notaire de ta mère.

— Ah non, ça ne va pas recommencer, répond James. Allô? Allô?

Mais il n'y a personne au bout du fil. Juste Nathan qui se bidonne et se moque de l'air désemparé de son ex-patron:

— Tant qu'à rejouer la scène, autant y aller à fond, non?

— Ah bravo, vraiment très drôle. Tu es un monstre sans cœur, s'insurge James.

— J'ai été à bonne école avec toi. T'avais l'air crispé à masser ton sapin, j'ai juste voulu détendre l'atmosphère. T'aurais dû voir ta gueule! Dommage que je l'aie pas prise en photo, t'aurais pété des scores sur Instagram avec ça.

— Il manquait juste l'élément essentiel...

— Le crayon rouge! s'esclaffent-ils à l'unisson.

— Le crayon rouge, répète James. Mais oui... bien sûr... ça y est...

Les yeux de James s'allument. Il sort son appareil photo, s'approche de l'arbre, recule de cinq pas, regarde le ciel, analyse la lumière, cadre avec ses mains. Il s'agite, il cogite, il revit.

— Ne reste pas planté là comme une moule sur son rocher, lance-t-il à Nathan. Tiens l'appareil. Le photographe aujourd'hui, c'est toi.

Nerveusement, James sort un stylo de sa poche et se met à se barbouiller le visage de lignes rouges, de cercles rouges, de points d'exclamation rouges, de larmes rouges. Puis il brise le crayon en deux et se le cale entre les canines, comme il l'avait fait à sa mère. Lorsqu'il sent le goût de l'encre sur sa langue, lorsqu'il la sent couler sur ses lèvres et son menton, il prend position contre le séquoia et crie à son assistant hébété:

— Vas-y, shoote!

— C'est immonde, James, t'es un grand taré!

De retour chez lui, il poste la photo avec une légende sibylline d'un seul mot: «Autocorrection».

Trop heureux de voir une suite à l'irrévérencieuse photo de sa mère, ses admirateurs d'Instagram endossent sa folie et gratifient la nouvelle publication de milliers de petits cœurs. Le doigt d'honneur devant The Light House a déjà fait un tabac auprès des fidèles de la première heure, et son Golden Gate Bridge est allé chercher un nouveau public constitué de touristes et d'inconditionnels de San Francisco. Son «Autocorrection» les conforte tous: That Red Pen est en mode récidive. Et ils ne veulent pas rater ça.

Mais pour l'heure, James ne souhaite pas déclencher de nouveau scandale. Il veut simplement affûter son crayon rouge, explorer de nouvelles avenues artistiques et donner du sens à ses photos. Et pour cela, il a besoin de tâtonner. Alors il tâtonne, avec Nathan à ses côtés et les moyens du bord. Côté finances, il est à sec ou presque, et l'avocat que lui a recommandé Alison mettra rapidement la main sur ce «presque».

— Au prix qu'il va me coûter, je m'attendais à un peu d'empathie... mais non! Chaque phrase qu'il prononce est un coup de hache dans mes illusions, il m'a même suggéré de vendre l'appartement.
— Et tu continues d'utiliser le crayon sur les photos! C'est de la provocation, James. Avoue que tu cherches le trouble, ose Nathan.
— Non, ce n'est pas ça... C'est... C'était le crayon qu'utilisait ma mère. Pour moi, c'est devenu un symbole de censure, de rectitude aveugle et d'une espèce d'autocratie morale qui m'a pourri la vie... et celle de bien d'autres. J'aurais pu l'enterrer avec elle et l'oublier, mais je préfère l'exposer au regard du monde. C'est plus...
— Tendance, répond Nathan du tac au tac.

Pendant près d'un mois, les deux acolytes arpentent les rues de San Francisco au gré des inspirations de James, des disponibilités de Nathan et des conditions météo. Ils immortalisent et publient la célèbre et assez ambiguë Coit Tower, barrée du crayon rouge à l'horizontale, avec la légende «Coït interrompu?», puis, sur une idée de Nathan, le gigantesque drapeau arc-en-ciel qui flotte au coin de Market et de Castro. La photo est prise de telle sorte que le crayon semble servir de mât, l'effet est design et ludique à la fois.

Devant la cathédrale Sainte-Marie de l'Assomption, en bordure du quartier japonais, James a un moment d'hésitation. Les lignes futuristes inspirent tellement de droiture qu'on a du mal à s'imaginer que la croix qui coiffe l'édifice ait pu protéger des membres du clergé soupçonnés de pédophilie. Il s'assoit sur les marches, relit sur son téléphone les derniers articles parus sur le sujet, notamment en Suisse et en France, puis relève la tête d'un coup. Il demande à Nathan de former un X avec deux stylos rouges, prend un peu de recul et appuie sur le déclencheur. Avec le commentaire «Certaines fautes ne peuvent s'effacer», avec aussi les hashtags #abussexuels, #Eglisecatholique et #honteavous, la publication émeut autant qu'elle dérange les milliers d'abonnés au compte qui l'aiment et la partagent. Chaque pixel de la photo est un cri d'effroi et d'indignation.

Le soir même, il reçoit un message de l'association qui représente les victimes de la Californie : «Bonjour, votre cathédrale marquée au fer rouge illustre notre douleur et notre combat avec tellement de justesse que nous aimerions l'utiliser pour notre site Web. Avons-nous votre autorisation?» Cette fois, il n'hésite pas et donne son accord. Dans la foulée, il texte Alison pour la prévenir et lui déléguer le suivi administratif du dossier. Elle ne rappelle pas. Un jour. Fait la sourde oreille. Deux jours. Fait la morte. Trois jours... Cela contrarie James. Apparemment, son retour en grâce ne va pas plus loin qu'Instagram.

Piqué au vif par ce condescendant silence, il attrape un tramway sur Market Street, descend à Pine Street et traverse le quartier financier en prenant vers le nord. Elle est là, immanquable, prétentieuse dans sa conquête du soleil, pyramide de verre et de béton qui, en s'élevant, a détrôné tous les autres gratte-ciel. Soudainement, il comprend pourquoi elle a été décriée par les San-Franciscains lors de sa construction : la tour Transamerica n'a rien à voir avec le reste de la ville. Tout détonne, son ambition, sa pointe agressive et ses fausses ailes d'ange. Le doigt tendu vers la façade, James compte vingt-quatre étages et pointe de son crayon rouge l'une des fenêtres de Demour Corney and Associates. Une minute plus tard, la photo est sur Instagram avec la légende «Partie de cache-cache avec mon agente. Qui m'aide à la trouver?». Deux minutes plus tard, son téléphone vibre.

— T'es qu'un enfoiré de mes deux, James.

— Alison, quelle surprise de t'entendre! C'est un plaisir si rare en ce moment.

— C'est pas parce que je donne pas de nouvelles que je bosse pas pour toi, ingrat.

— L'ingratitude est le seul luxe des laissés-pour-compte.

— Arrête ta prose, Shakespeare, et laisse parler ton Kodak à la place. Il fait des étincelles en ce moment...

— Qu'est-ce que tu veux dire?

— Aujourd'hui, rien! Mais si tu me laissais travailler tranquille, je pourrais peut-être... On recommence à parler de toi ici, et pas qu'en mal.

— Qui ça, on?

— Un éditeur de guides touristiques. Ou plutôt une éditrice. Brillante, la nana.

— Laisse-moi deviner, elle veut la photo du pont. Tu vois que ça marche les ponts, ça rapproche les gens...

— Tu m'emmerdes avec tes ponts. C'est pas le Golden Gate qui a allumé la fille, c'est l'idée générale, c'est le crayon rouge. Elle dit que tes nouvelles photos font parler la ville autrement... et elle aimerait publier un mini-guide thématique de San Francisco vue par That Red Pen. T'en dis quoi?

— Ça sent le commercial à plein nez...

— C'est de l'art, petit con. L'art de te refaire un nom. Écoute mon grand, tu as mis le doigt sur quelque chose avec ton foutu crayon. Sur Instagram, ça cartonne. Super, bravo mon petit. Mais c'est un joujou de gamin et ça fait pas sourire ton compte en banque. Ni ta carrière. Il est temps de passer à l'âge adulte, tu crois pas?

— Il est surtout temps que tu répondes à mes messages. Tu peux gérer la demande d'autorisation pour l'association?

— À une condition! Que tu réfléchisses à cette affaire de guide. T'as deux choix: oui ou oui, c'est pas compliqué, hein? J'ai aussi les Peterson qui me relancent.

— Qui ça?

— Les Peterson... The Light House. Photo. Argent. Gloire. Ça te rappelle quelque chose?

— Que trop.

— Sors-toi la tête du sable, bon Dieu. Et pas de vagues avec tes photos dans les prochains jours, hein? Ta face toute beurrée de rouge, c'était à gerber. Fais pas tout foirer, James Becker... à nouveau.

Photo, argent, gloire. Les mots d'Alison tournent dans sa tête comme les icônes d'une machine à sous.

Et ils finissent par s'aligner.

12

Paris, 1969

Elles sont assises au dixième rang d'une salle qui en compte une trentaine. Dans le brouhaha tamisé qui précède le lever du rideau, Solange se fait un devoir de rappeler à son élève le contexte de la pièce, la passion d'Anouilh pour Sophocle, la création de l'œuvre sous l'occupation allemande — ce qui lui donne un deuxième sens. Claude fait semblant d'écouter. Son esprit est ailleurs. Il vagabonde sur le rideau grenat, sur les projecteurs, sur la passerelle technique, sur les têtes alignées devant elle, sur le ton feutré des conversations, sur les plafonniers qui s'éteignent un à un, sur le silence qui s'impose de lui-même presque aussitôt, sur l'obscurité qui se dépose sur son visage comme un baiser.

Mais déjà le rideau se lève, un faisceau de lumière bombarde le visage d'une jeune fille d'une vingtaine d'années, maquillé à outrance et fendu d'un sourire provocant. Dans une robe blanche beaucoup trop transparente, elle est allongée en travers d'un imposant fauteuil noir, lascive. Elle rapproche un porte-cigarette rougeoyant de ses lèvres, inspire et tousse le prologue : « *Voilà. Ces personnages vont vous jouer l'histoire d'Antigone. Antigone, c'est la petite maigre qui est assise là-bas, et qui ne dit rien.* »

Claude est happée par l'actrice qui annonce le drame avec une insouciance presque vulgaire. Elle est excitée, comblée, impatiente, et tout ce maelström d'émotions converge vers une larme qui se forme au coin de l'œil droit. Elle se tourne vers sa professeure et l'observe dans le noir, comme pour la remercier par télépathie. La larme s'apprête à couler sur sa joue ou sur l'arête du nez. Rien n'est plus imprévisible que le destin d'une larme.

Elles sont restées longtemps assises après les applaudissements, sans parler, sont sorties les dernières, sans parler, ont fait quelques pas sur le trottoir, sans parler, pour ne pas rompre la magie de ce qu'elles venaient de vivre. Et puis tout à coup, il a fallu que la bulle éclate et que ça sorte.

— C'était... tellement... On devrait toujours voir les pièces au théâtre. C'est plus puissant que de les réciter bêtement en classe, s'exclame Claude.

— Bêtement? répond Solange en s'amusant de la maladresse de son élève.

Elles marchent dans le froid mordant de décembre, partagent ce qu'elles ont ressenti, plaisantent, rient fort, s'arrêtent pour prendre un café, commandent finalement un diabolo menthe, puis un deuxième. Lorsqu'elles ressortent, Solange regarde sa montre, a un petit moment de panique, le métro est fermé. Elle cherche un taxi des yeux pour ramener Claude qui, elle, ne s'en fait pas du tout.

— Vous habitez loin? demande-t-elle à sa professeure.

— À environ vingt minutes à pied, pourquoi?

— Je pourrais aller chez vous. De toute façon, mes parents me croient chez mon amie Alice.

— Quoi? Mais ils savent que vous êtes au théâtre, n'est-ce pas? Ils ont signé l'autorisation de sortie!

— Oui. Enfin... si on veut...

— Non! Vous n'avez pas fait ça! Mademoiselle Delage!

— Oh ça va, on ne va pas en faire un fromage. Vous, vous avez fait signer le directeur pour le théâtre? Vu votre tête, je ne pense pas. On est quittes alors. S'il vous plaît, je passe la meilleure soirée de ma vie, je ne veux pas que ça se termine.

Solange s'en veut un peu d'avoir entraîné la petite sur une voie festive qui, depuis la tombée du rideau, n'a plus grand-chose de littéraire. Mais l'assurance de son élève, cette liberté qu'elle revendique et sa perspicacité confortent son instinct de professeure: elle ne s'est pas trompée. Et puis, la jeune fille ne peut quand même pas dormir dehors.

— C'est tout petit, je vous préviens.

13

San Francisco

Le guide *San Francisco selon That Red Pen* sort en mai, juste à temps pour la saison touristique. Claire, l'éditrice, a rapidement saisi le dilemme de James et son allergie pour la photo « de commande ». Plutôt que de le confronter à ses démons, elle lui a donné carte blanche pour une première série d'images illustrant l'esprit anticonformiste de la ville. Libéré de l'obligation de photographier des sites et monuments archiconnus, James s'est éclaté, déchaîné même. Il a posé son crayon rouge dans des endroits inédits, dans des recoins secrets de la ville et dans des événements culturels underground. Il a fait des portraits de San-Franciscains riches, pauvres, engagés, enragés, geeks, créatifs, branchés, déconnectés. Il a couvert des dizaines de discours politiques, de comités de voisins et de manifestations publiques pour toutes sortes de causes. C'est ce San Francisco-là, résolument humain dans son avant-gardisme, qu'il a voulu croquer.

Lorsqu'il a montré ses photos à Claire sur son ordinateur, il était fébrile. Fier, mais fébrile. Elle a pris vingt minutes pour les regarder et deux secondes pour décider: le guide serait construit autour de ces images, de ces morceaux de vie qui parlent d'une ville intérieure et non d'un simple décor de cinéma. Un guide restant un guide, elle a quand même demandé à James de pouvoir utiliser le stylo rouge comme icône graphique dans les sections «Informations pratiques». Il n'a pas refusé. Il n'a pas non plus refusé son invitation à dîner, puis à prendre un verre chez elle en fin de soirée, puis un jus d'orange le lendemain matin.

Grâce à la proximité d'esprit — et de corps — du photographe et de son éditrice, le projet est bouclé en quelques mois. Le lancement du livre a lieu à midi, un jeudi, sur le carré de gazon face à l'hôtel de ville, loin des salles de réception glamour et des hôtels de luxe habituels. Les journalistes et invités ont la surprise de voir la petite tribune, érigée pour l'occasion, entourée de dizaines de citoyens arborant une pancarte *Soutenez la proposition C*, où un crayon rouge coche une case de scrutin. Vedettes anonymes de ce débat qui divise la classe politique et les grandes entreprises techno — que ladite proposition C forcerait à verser une taxe spéciale pour financer les refuges et la réinsertion —, des itinérants se rassasient à une table-buffet. James s'approche du micro.

— La plupart des guides mettent les touristes en garde: «Attention, il y a des sans-abri, évitez telle ou telle rue, houhouhou!» Moi je les invite plutôt à ouvrir les yeux. Ouvrir les yeux sur la réalité, qu'elle soit dorée comme la coupole de cet édifice ou sombre comme une ruelle du centre-ville. Ouvrir les yeux sur l'océan et sur les vagues d'aventuriers, de marins, de hippies, de beatniks, d'homosexuels, d'immigrants, d'artistes et de geeks qui ont façonné un endroit unique et libre. Ouvrir les yeux sur le cœur des San-Franciscains plutôt que sur leurs murs et leurs monuments. C'est ça *San Francisco selon That Red Pen*, un antiguide antitouristique anticonformiste.

Le discours est chaudement applaudi et immédiatement relayé dans tous les médias sociaux par l'équipe de Claire, qui s'assure que ce lancement «engagé» fasse bouger les influenceurs et mousser les ventes. James, lui, est satisfait, pour la première fois depuis des mois. Il s'est fait un point d'honneur d'inviter ses anciens réseaux d'amis, photographes, artistes et directeurs d'agences. Ils sont tous là, un verre à la main, faisant presque la queue pour le féliciter et être vus avec la nouvelle coqueluche de Californie.

— Tu aurais pu m'appeler, je t'aurais organisé un lancement pharaonique, lance Sam à la blague.

Mais il ne blague pas, il est vexé comme un pou que son agence n'ait pas été mandatée pour publiciser la sortie du guide.

— Mais c'est pharaonique! répond James, rieur. Regarde, toutes les Cléopâtre de la communication sont là... toi y compris!

— C'est le succès qui te rend méchant? Tu te rappelles où t'étais il n'y a pas si longtemps? Tu te souviens que je t'ai proposé des tremplins? Faut pas cracher dans la soupe de la pub, James. Surtout quand on est devenu une marque!

— Qu'est-ce que tu veux dire?

— La vérité. Toi et ton crayon, vous êtes une marque de commerce désormais. Tout ce que tu places sur tes photos avec That Red Pen devient un must à découvrir, une cause à défendre... et maintenant, un livre à acheter. Ton crayon rouge, ce n'est plus un symbole, c'est un logo. À quand la casquette ou la tasse à café Red Pen?

James accuse le coup.

— Tu me blâmes ou tu m'insultes, là?

— Ni l'un ni l'autre James, t'as pas à avoir peur du succès. Mais assume.

Après l'association des victimes des prêtres pédophiles, c'est un groupe de militants pro-choix du Tennessee qui souhaite associer le crayon rouge à leur combat. James y a tout de suite vu l'occasion de faire un pied de nez à la bonne sœur de la Marche pour la vie. Il est allé les rencontrer à Nashville.

Son vol de retour a du retard et il est une heure du matin passée lorsqu'il arrive à l'appartement de Claire dans Nob Hill. Elle a laissé une lampe allumée dans le salon et une note: «Réveille-moi.» La porte de la chambre est entrouverte, il se déshabille sur le seuil et se glisse dans l'obscurité et dans l'intimité de ce corps qui l'attend et auquel il n'a cessé de penser depuis son départ. Parfois, c'est long, quatre jours.

Il l'embrasse délicatement sur les cheveux et, tout en l'écoutant respirer et rêver, pose un bras sur son épaule. Elle se réveille à peine, juste assez pour susurrer un «C'est toi?» plein de volupté, se coller contre lui, prendre sa main et la diriger sur ses seins nus qui se dressent, sur son ventre qui se cambre, et tout doucement, vers son entrejambe tout chaud mais... il bute sur la culotte et sur ce qui semble être un papier ou quelque chose du genre.

— Qu'est-ce que c'est? chuchote-t-il, amusé.

— Lumièèèèère, geint-elle dans sa somnolence.

Il tâtonne pour trouver la lampe de chevet. Elle a encore les yeux fermés et les jambes ouvertes. Sur sa culotte est épinglé un cœur rouge en papier avec les mots *I Love Berlin*.

— Surprise!

Cette fois, elle a les yeux grand ouverts.

— C'est très mignon, dit-il en lui déposant un baiser sur le cœur, on part en vacances?

— Mieux que ça! Tu es prêt? Berlin veut son guide That Red Pen!

— Tu plaisantes?

— Pas du tout, je ne t'ai rien dit au téléphone, je voulais te l'annoncer en personne... C'est fou, hein? Ton idée est en train de gagner le monde, James.

— Ton idée, Claire!

— Oui, mais c'est ton crayon que les gens veulent. Ce crayon a un pouvoir magique, badine-t-elle en s'emparant du sexe de son amant avec une poigne ambitieuse.

L'ombre de leur désir dessine de grandes vagues sur les murs. Et lorsque la tempête s'est apaisée, ils n'ont ni l'un ni l'autre envie de dormir.

— Comment ça a été, Nashville? lui demande-t-elle en apportant deux verres d'eau.

— Fabuleux! Ces gens sont des anges, mais des anges allumés par le progrès. Ils ne protestent pas pour protester, tu sais, ils sont vraiment habités d'une mission, c'est super inspirant. Ça me change tellement des photos de mode ou des trucs commerciaux... Pardon, je ne voulais pas...

— C'est OK, James, je sais que tu n'aimes pas l'idée de vendre ton talent. Mais ça te fait vivre et ça te permet de soutenir des causes comme celle-ci. Continue.

— Ils vont faire construire d'énormes stylos rouges en carton avec l'inscription *Corrigez la loi, protégez notre liberté*. C'est presque impossible d'accéder à l'avortement dans le Sud, t'as pas idée. Quand ce n'est pas la loi qui l'interdit, c'est un règlement local farfelu ou la pression des opposants sur les médecins et leur famille. On les menace, tu te rends compte! Mais mon plus beau coup, ça a été de m'inviter discrètement à une messe pro-vie où un sénateur a fait son *show*. Il était tellement enragé qu'il y avait de l'écume qui se formait autour de sa bouche, un vrai monstre. Et je ne te parle pas de ses arguments, faux et archifaux. Je n'ai jamais dégainé mon appareil et mon crayon aussi rapidement. Il y avait des agents de sécurité partout, j'ai eu de la chance de ne pas me faire choper. La photo va servir de matériel pour la campagne, c'est génial, non?

— Oui, mais il ne faut pas se leurrer, James. J'imagine que les deux camps font de la propagande avec une bonne dose de mensonge.

— Tu as sûrement raison.

— Pourquoi tu as choisi ce camp-là, toi?

La question le laisse perplexe. Il revoit Iris sur Market Street le jour de la manifestation de San

Francisco, repense à cette histoire qu'elle lui a racontée, cette patiente qui s'est fait avorter. Si ça se trouve, c'était son histoire à elle.

— Ça va, James? Tu es tout triste.

— Je pense à une amie...

— On a tous une amie qui est passée par là. C'est tellement intime comme décision, et aucune loi ne la rendra plus facile à prendre. Je me demande parfois ce qu'il adviendrait de tous ces enfants à naître.

— Ils seraient malheureux. Comment peux-tu avoir le désir de vivre quand tu n'as pas été désiré?

— Je ne peux pas l'imaginer.

— Moi si.

Il s'allonge sur le côté, détourne la tête et fixe la lampe de chevet. La lumière l'éblouit et fait danser devant ses yeux des dizaines de points noirs qui soudain l'assaillent et lui transpercent la tête.

— Ma mère a été tellement odieuse avec moi que je me suis déjà posé la question, plus jeune. Est-ce qu'elle voulait vraiment de cette grossesse?

— Quelle horreur. Aucun enfant ne devrait se demander une chose pareille.

— Aucun adulte non plus, Claire.

La nouvelle tombe quelques jours plus tard, alors que le guide *San Francisco selon That Red Pen* part en réimpression et qu'il est envoyé en traduction pour être édité en espagnol et en mandarin. Elle surprend James autant qu'elle le réjouit: l'entreprise Writing Toys retire sa plainte.

Évidemment, le courrier qu'il reçoit ne donne aucun détail. Et évidemment, son avocat s'est empressé d'aller à la pêche aux explications, frustré de voir s'envoler si vite un dossier qui avait le potentiel de s'étirer sur des années. Dans son filet, l'homme de loi a trouvé un article du *Financial Tribune*, qu'il envoie à James:

Coup de pot ou coup de pub?

Writing Toys affiche des ventes record pour le trimestre qui s'achève, et un revenu en hausse de 11 %.

Dans son communiqué, l'entreprise explique que ces résultats exceptionnels sont le fruit d'une stratégie marketing ciblée. En coulisses, les analystes évoquent plutôt la collaboration involontaire avec le photographe de mode James Becker. Plus connu sous le nom de That Red Pen, ce dernier utilise en effet un crayon rouge Writing Toys comme élément artistique dans ses turbulentes créations.

Jusque-là un peu désuet, ce modèle de stylo est devenu un objet de culte absolu, l'icône d'une génération qui veut s'engager pour corriger notre société, le nouveau fil rouge d'un idéal collectif qui fédère tant les intellectuels et la classe politique que les consommateurs.

Sous la pression de ses actionnaires, la compagnie de Baltimore a publié deux heures plus tard une dépêche annonçant qu'elle abandonnait ses poursuites contre

M. Becker pour usage inapproprié du produit. Sans doute les profits en hausse ont-ils rendu l'inapproprié plus acceptable!

James appelle l'avocat pour le remercier et rire de cet épilogue pour le moins cocasse.
— C'est presque dommage, lui dit-il, maintenant que j'ai les moyens de vous payer!
— Oh mais je n'ai pas dit mon dernier mot... Vous pourriez sûrement exiger des redevances ou, du moins, un accord de partenariat en bonne et due forme accompagné d'une généreuse rétribution.
Il est hilare, mais James sent qu'il ne plaisante qu'à moitié.
— Maître, vous êtes encore plus pervers qu'eux! Vous mériteriez que je vous croque avec mon crayon rouge.
— Je blaguais, monsieur Becker, je blaguais.

James se sert un verre de riesling alsacien que lui a recommandé son caviste de Castro. Il veut savourer ce moment comme un grand cru, gorgée par gorgée, se délecter de sa légèreté retrouvée et, quelque part aussi, de son succès des derniers mois. Tout de suite après la parution du guide, les invitations à des vernissages, des soirées mondaines et des *happenings* caritatifs se sont multipliées comme des champignons dans un sous-bois après une pluie de printemps. Dans un ballet parfaitement huilé — et arrangé —, Claire, Alison et Nathan se sont entendus pour qu'il les accepte toutes, qu'il se montre partout, qu'il brille de tous ses feux. Il n'a pas été difficile à convaincre. Comme il aime le répéter, son sixième sens, c'est le sens de la fête.

Mais aujourd'hui, il a envie de rester seul. Ou presque. Il appelle Iris, cela fait une éternité qu'ils n'ont pas lapé un ramen en se racontant leur vie, mais elle ne répond pas. Il aurait voulu lui reparler de cette patiente à elle qui a avorté il y a longtemps, lui montrer la photo du sénateur républicain provie, mais elle ne répond pas. « Il y a anguille sous roche ou bonhomme sur l'oreiller », se dit-il. Cette hypothèse le réconforte.

Le riesling est exquis. Mais quelque chose l'agace dans l'article du *Financial Tribune*, un détail sans doute. Il le parcourt à nouveau, l'imprime, le pose devant lui, l'analyse mot par mot, puis il se précipite dans son bureau, s'empare d'un crayon rouge et entoure l'expression « corriger le monde » qu'a employée le journaliste.

« Connard, connard, connard, répète James en boucle en rayant le mot *corriger* avec une telle frénésie qu'il en déchire le papier. C'était elle, la correctrice en chef, pas moi ! »

Puis il aligne sur l'article maculé de rouge deux crayons, côte à côte, à la verticale, afin qu'ils forment le chiffre 11. Il poste la photo sur Instagram avec pour seul commentaire « 11 % ». Comme à chacune de ses publications désormais, les mentions « J'aime » et les commentaires ne tardent pas à déferler. Il y répond par de laconiques « merci » ou des émojis ludiques. Cela lui prend quelques heures chaque semaine, mais l'éditrice de son cœur l'a convaincu que le silence était par défaut considéré comme coupable sur les médias sociaux. Il peut se permettre d'être anticonformiste, scandaleux, décalé, déjanté même. Mais pas hautain. Alors il s'exécute, consciencieusement, jusqu'au message de ce mystérieux admirateur, toujours le même, un régulier, un assidu, pas bavard mais diaboliquement ponctuel, ce PseudoSurMer : « Solange serait fière de vous. »

Il s'étonne et s'insurge contre cette nouvelle intrusion dans l'intimité de sa vie et de son passé. « Mais tellement pas, PseudoLaFouine ! C'est mal la connaître. Elle n'a jamais été fière de moi. Alors, tu sais où tu peux te les mettre, tes petits messages codés ? »

Il saisit l'article de journal, le roule en boule frénétiquement et le lance dans la corbeille à papier. Qu'il rate.

14

Paris, 1969

Elles sont essoufflées lorsque Solange ouvre la porte de sa chambre de bonne. Elle allume la lumière puis le petit radiateur, tire le rideau devant la lucarne couverte de givre et verse deux verres d'eau.
— C'est chouette chez vous, s'exclame Claude.
— C'est surtout minuscule!
— Au moins vous êtes tranquille, personne pour vous casser les pieds.
— Sauf les voisins... les murs sont en papier! Voilà une chemise de nuit, je crains que nous ne devions nous serrer un peu.
— Je partage ma chambre avec mes deux frères, je sais me faire toute petite.
— Ce n'est pas ce que je voulais dire, mademoiselle Delage. Vous n'avez pas besoin de vous faire petite. Habituez-vous à être vous-même.

Claude caresse de la main tout ce qu'elle voit, la table, l'étagère contenant la vaisselle, les vêtements empilés sur le dossier de la chaise.

— C'est qui Baldwin? demande-t-elle en feuilletant le livre se trouvant sur la table de nuit.

— Un auteur américain, grand défenseur des droits des Noirs. C'est très engagé comme littérature. Un peu comme Zola avec *Germinal*. Sauf que lui, c'est le droit à la différence qu'il revendique. Allez, au lit maintenant.

Elles s'installent côte à côte dans le vieux lit en métal, qui grince encore plus que d'habitude. Claude écoute battre le cœur de Paris: les voitures qui traversent la nuit, les bourrasques de vent, les portes qui claquent dans l'immeuble, les plumes de l'oreiller qui soupirent sous le poids de sa tête.

— *Giovanni, mon ami...* Ce titre me rappelle quelque chose, dit-elle.

— Peut-être parce que c'est ce livre que je vous ai lu en classe le jour de la rentrée, murmure Solange en tournant la tête vers son élève.

Elle ne sait pas pourquoi elle chuchote, comme quand elle était gamine et qu'elle dormait chez sa grand-mère avec ses cousines. Elles papotaient jusque tard dans la nuit et se cachaient sous les couvertures pour glousser.

— Ça parle de quoi? demande Claude en remontant ses cheveux sur le haut de l'oreiller. Une de ses mèches vient chatouiller le nez de Solange qui la repousse d'un souffle.

— C'est l'histoire d'un garçon, David, qui vient de se fiancer mais qui est attiré par quelqu'un d'autre.

— C'est d'un banal, l'interrompt Claude d'un air moqueur.

Elle guette la réaction de Solange dans l'obscurité, elle l'entend qui déglutit puis qui ouvre la bouche.

— Dans sa tête, David est follement amoureux de sa fiancée. Mais son corps tout entier réclame l'autre, c'est plus fort que lui. Il est constamment déchiré et cela le rend cruel.

— Qu'est-ce qu'elle a de plus que sa fiancée, cette personne ?

Solange a chaud, elle rabat la couverture de quelques centimètres et, ce faisant, frôle la main de Claude.

— Elle est vulnérable parce qu'il n'y a pas de place pour elle, ni dans la société, ni dans le cœur des gens.

— Une autre Antigone, soupire Claude.

Elle replie ses jambes dans la position du fœtus, ses genoux touchent ceux de Solange.

— C'est un homme, mademoiselle Delage. Cette autre personne est un homme.

Elle pose sa main sur l'épaule de la jeune fille, comme pour adoucir cette révélation.

— Alors il faut l'appeler Antigon!

Solange s'esclaffe et Claude à son tour. Elles répètent «Antigon» à tour de rôle, comme si elles l'appelaient auprès d'elles, chantent ce nouveau prénom sur tous les tons. Les deux corps se délient totalement dans ce délire vocal, se contorsionnent, se carambolent aussi. L'un menace de tomber, l'autre le retient in extremis et le ramène au centre de ce lit chancelant qui n'a pas vu autant de joie depuis bien longtemps.

15

San Francisco — Berlin

C'est le genre de journée que James adore. Ciel bleu, soleil franc, vue dégagée sur Bay Bridge, petite brise chargée d'effluves salins, et surtout, surtout, un agenda minimaliste. Pas de réception, pas de vernissage, pas de discours. Et, il faut bien le reconnaître, pas de séance photo non plus. Rien! Du grand vide en perspective. Il y a quelques semaines encore, cela l'aurait paniqué et déprimé. Mais aujourd'hui, il s'en réjouit et compte bien profiter de chaque seconde de ce répit inespéré.

Il se rend compte, un peu malgré lui, que son nouveau statut de célébrité le draine plus qu'il ne le nourrit. Il s'était habitué à être une vedette de la photo, mais pas un artiste populaire qu'on arrête dans la rue quand il va acheter ses chips, qu'on apostrophe pour un selfie pendant qu'il est en train de faire pipi dans les toilettes du resto, ou qu'on consulte à tout bout de champ sur l'avenir de la nation comme s'il était une réincarnation de Sun Tzu. Cette idolâtrie sans filtre et sans gêne le rend parfois fou. Il s'est trouvé grotesque ce matin en vérifiant qu'il n'y avait personne dans la rue avant de descendre sa poubelle.

Il monte le volume du haut-parleur, le Dave Brubeck Quartet entame son *Take Five*, faisant frémir son bonzaï et sourire son café. James en fredonne les dernières notes sous la douche avec l'allégresse des gens accomplis. Son carnet de commandes est plein et des magazines nationaux le commanditent régulièrement pour aller poser son crayon rouge un peu partout dans le monde. Cela lui permet de changer d'air, de tester de nouvelles avenues et de ne pas devoir retourner dans l'univers artificiel de la mode. Grâce aux droits d'auteur des guides, il peut se payer le luxe d'un assistant et Nathan l'accompagne dans la plupart de ses virées. Son point de vue plus jeune — et surtout plus calme — sur les événements adoucit l'énergie parfois colérique que James aurait tendance à transmettre dans ses photos. Mais artistiquement, il va où ? Sur cette question, il sèche. Son corps, lui, dégouline. Et lorsque la sonnette retentit, c'est la taille entourée d'une serviette et les cheveux gorgés de shampoing qu'il va ouvrir la porte.

— Salut, je dérange? lance Iris en se fichant royalement de la réponse et en levant le sac brun qu'elle a apporté. Petit-déjeuner entre amis, obligatoire, ras le bol des textos et des messages sur nos boîtes vocales. Dis donc, t'aurais pas pris un peu de ventre? C'est la gloire qui t'enrobe? Habille-toi, je mets les cafés en route, lance-t-elle en se dirigeant vers la cuisine.

James n'a pas le temps d'enfiler un pantalon qu'elle poursuit déjà:

— Claire est au boulot?

— Oui, et elle lunche avec son père ce midi, pour son anniversaire.

— Et tu n'y es pas...

— Non, c'est trop tôt, trop rapide. Tout va tellement vite en ce moment, les voyages, les guides, l'amour... On n'a plus le temps de penser que hop, photo, publication, commentaires. Ma vie se résume au cœur rouge d'Instagram.

— Mais tout va bien entre vous?

— Oui, ça baigne. C'est comme si cette relation était, comment dirais-je, naturelle. Oui, c'est ça, naturelle. Fluide. Un truc comme ça.

— Tu l'aimes?

Elle triture un croissant en disant cela, l'émiette dans l'assiette, le dépèce méticuleusement.

— Oui je pense, enfin, tu sais que je ne suis pas le pro des sentiments amoureux... Attends, je veux te montrer un truc.

Il pose sur la table son ordinateur avec l'une des photos qu'il a prises à Nashville.

— Je connais ce mec, s'exclame-t-elle en pointant l'écran du doigt. Ce n'est pas le sénateur de l'Alabama?

— Du Tennessee! Une vraie pourriture. Je suis allé l'espionner dans un de ses cultes pro-vie et pro-débilité. Ouf, son discours fait froid dans le dos. Mais ça m'a permis de prendre cette photo pour un groupe de militants pro-choix. J'ai repensé à notre marche de janvier dernier, à toi... enfin, je veux dire, à ta patiente. Peut-être que le crayon rouge les aidera à faire bouger les choses.

— James, c'est fantastique, tu es fantastique, lâche-t-elle les larmes aux yeux. Je sais que les derniers mois n'ont pas été faciles, que tes nouveaux exploits nous éloignent un peu, mais j'ai toujours été fière de toi, tu sais. Même quand tu as essayé de massacrer la bonne sœur!

— Fière de moi? C'est marrant, j'ai eu le même message de ce PseudoSurMer, tu te souviens, ce type bizarre sur Instagram. Il m'a écrit pour me dire que Solange serait fière de moi.

— Cool.

— Non, pas cool du tout! C'est comme s'il me disait que je lui ressemblais. Tu sais, je n'ai toujours pas digéré l'article du *Financial Tribune* qui me présente comme le grand correcteur d'un monde à la dérive. Je ne veux pas corriger le monde!

— Et pourquoi pas, James? Ce n'est pas une tare de vouloir jouer les justiciers masqués et de défier les culs-bénits qui diabolisent l'avortement.

— Je ne veux pas être comme elle... et plus ça va, plus tout cet univers du crayon rouge m'en rapproche. J'ai l'impression d'avoir endossé sa morale, d'avoir repris le flambeau.

— Le flambeau étant le crayon rouge, j'imagine, une sorte d'objet transitionnel.

— Tu ne peux pas t'empêcher, hein? Iris, il est trop tôt pour jouer à SOS Névrose.

— OK, j'arrête. Mais ça pourrait quand même t'aider de comprendre un tout petit peu la mécanique émotionnelle derrière tout ça. J'ai un super pote que tu pourrais aller voir, il est assez calé et...

— T'es pas en train de m'envoyer chez le psy?

— Mais non, pas en tant que patient. Tu pourrais juste aller lui poser des questions, entre amis.

— Ami avec un psy... c'est comme apprivoiser un caïman, t'es jamais sûr du moment où il va ouvrir la gueule. Non merci, je n'ai pas du tout envie que ma vie ressemble à un film de Woody Allen.

— Ah non, vraiment? T'es hilarant, mon James d'amour, hilarant et buté. Tu lui as répondu quoi, à MachinSurMer?

— Je lui ai demandé qui il était. J'en ai marre de ses petits commentaires équivoques.

— Et il a répondu?

— Pas encore. Le mystère reste entier.

Heureusement, Claire a prévu une soirée pleine de certitudes. Ils sont au Greens, l'une des grandes tables végétariennes de San Francisco, qui a transformé avec brio un vieil entrepôt de la marina en un univers raffiné avec vue sur le Golden Gate. Sculptée dans un tronc de séquoia, l'épaisse table aux formes irrégulières donne un ton informel à ce dîner d'affaires qui réunit des représentants de plusieurs villes américaines — New York, Los Angeles, Chicago, La Nouvelle-Orléans, Miami — venus commander et négocier «leur» guide touristique That Red Pen. Mais ce soir, on ne négocie plus, on célèbre: les contrats ont été signés en fin de journée.

— Alors, par quoi on commence? demande James avec enthousiasme.

Il n'est pas au courant des détails et se demande dans quelle métropole il se rendra en premier. Au fond, il ne connaît pas vraiment ces villes, et cela lui prendra sans doute quelques jours d'immersion pour mettre le doigt — et son stylo rouge — sur l'âme rebelle de chacune.

— Par du champagne! coupe Claire, qui veut à tout prix éviter de parler des échéanciers et des nombreux déplacements que ce nouveau développement commercial va entraîner.

Au centre de toutes les attentions, James se délecte des bulles et des mini-cakes fromage et romesco que viennent d'apporter les serveurs. Plus que tout, il apprécie d'être considéré par ces hommes et femmes d'affaires non comme un pair, mais comme un artiste, une énigme, un ovni.

«D'où vous est venue cette idée?» «Vous sentez-vous enfermé dans un schéma artistique?» «Avez-vous encore le temps de créer?» «Votre crayon est-il plus célèbre que vous?» «Quel sera votre prochain coup d'éclat?»

À travers ces questions, il perçoit que son crayon rouge a engendré toute une mythologie dont lui, James, n'est plus que l'instrument. Le vrai héros, c'est le crayon. Cette idée l'apaise presque. Entre deux bouchées et deux récits de voyage, il lance un clin d'œil complice à Claire. Elle lui répond en se mordillant les lèvres. Il détache discrètement un bouton de sa chemise. Elle se caresse l'oreille. Alors il se lève, s'excuse auprès de tout le monde, il a un avion demain, il doit préparer ses affaires, il serre les mains, pose pour un selfie de groupe, remercie, sourit, s'éloigne. Avant de quitter le restaurant, il jette un dernier coup d'œil à Claire. Elle est en train de demander l'addition. Dans vingt minutes, ils se retrouveront. Et dans vingt heures, ils seront dans l'avion en direction de Berlin.

Elle a tenu à l'accompagner en Allemagne, du moins les premiers jours, pour sonder la capitale, pour prendre le pouls de ce cœur autrefois partagé entre deux idéologies, pour repérer avec lui les scènes et recoins qui inspireront le premier guide «étranger» de la collection Red Pen. Dans la vraie vie et pendant trois jours, ils ne quitteront pas l'appartement qu'ils ont loué dans Kreuzberg. Ils vivront nus, collés, fusionnels, promenant leur passion du lit au canapé et du canapé au lit, mélangeant le jour et la nuit, se racontant leur vie au rythme de leurs jouissances et tirant au sort celui ou celle qui, deux fois par jour, doit s'habiller pour aller les ravitailler au Kebab du coin.

Au quatrième jour, enfin remis de leur «décalage horaire», ils s'aventurent dehors et partent au hasard des rues et des quartiers de Berlin. Ils marchent, errent, admirent les centaines de tags qui habillent le béton un peu partout, mangent un snack sur une terrasse, cherchent les pans de mur de l'East Side Gallery, se perdent, demandent leur chemin à un couple gay lardé de cuir, sympathisent avec les gars, partagent une bière, les accompagnent au Tiergarten, les regardent se déshabiller, hésitent, décident de faire pareil, s'allongent, respirent, papotent, frissonnent, proposent un resto, finissent dans une boîte-bunker à dix mètres sous terre, dansent, boivent, s'embrasent à deux, s'embrassent à trois, s'enlacent à quatre, tanguent, refont surface, hèlent un taxi et se couchent, encore tout poisseux de sueur et de techno.

— San Francisco est libre, mais Berlin est amour, murmure James.

— Non chéri, Berlin est sexuelle, répond Claire en collant ses fesses sur le pénis soûl de son amant.

Le lendemain matin, elle est déjà au téléphone lorsque James émerge. Elle joue avec un de ses crayons rouges en parlant de visite, de guide, de rendez-vous.

— Bonjour ma chérie, bien dormi? Rassure-moi, tu n'es pas en train de nous organiser un tour de ville royal, tapis rouge et petits fours? lance-t-il à la blague en lui déposant un baiser dans le cou.

— Je t'aime quand t'es bougon comme ça dès le matin. Ne commence pas à fantasmer et prends ta douche, on est attendus dans une heure.

— Obligé?

— De prendre ta douche? Absolument. Pour le reste, tu es un grand garçon, tu fais comme tu veux. Moi, je vais m'initier à l'art underground.

Cette manière qu'elle a d'affirmer son indépendance la rend encore plus attachante aux yeux de James. Il lui empoigne la taille et l'embrasse goulûment sur la bouche.
— On aurait le temps de...?
Elle s'échappe de ses mains baladeuses et court dans la salle de bains en criant comme une gamine:
— Le dernier sous la douche va chercher le petit-déj!

Wolfgang les repère facilement dans le café où ils ont rendez-vous. Filiforme avec de grands yeux bleus surmontés de piercings, les cheveux teints jaune vif et coupés très courts, presque rasés, il leur tend une main colorée de tatouages et de taches de peinture. Il pourrait avoir vingt-cinq, trente ou trente-cinq ans, impossible de savoir avec sa dégaine d'adolescent mal dégrossi. Mais aucun de ses accessoires néo-cool et über-trash ne peut camoufler l'insolente beauté de son visage. «C'est un ange», chuchote Claire à James pendant que l'ange en question règle son café. Dans un anglais très oxfordien, il invite les deux touristes à le suivre et à monter dans une vieille Volvo familiale rouillée et encombrée de toiles, de pinceaux, d'objets hétéroclites et d'odeurs tout aussi hétéroclites.
— Bienvenue dans la voiture de la contre-culture berlinoise! ironise-t-il. Horst m'a prévenu il y a

juste une demi-heure, je n'ai pas eu le temps de faire le ménage.

— Pas de souci, on est plutôt du genre relax... Et vous, vous êtes peintre, à ce que je vois? enchaîne Claire.

— La nuit, oui. Le jour, je suis étudiant.

— En quoi?

— Mathématiques appliquées et philosophie. Je sais, il n'y a aucun rapport entre les deux, mais je n'arrive pas à me décider. C'est un peu idiot de ma part.

— Et vous trouvez le temps de peindre! le relance James.

— La peinture, c'est ma vraie vie. Le reste n'est qu'une distraction. On doit passer à mon atelier dans Friedrichshain, c'est à deux minutes... faut que je dépose ce bazar. Ensuite, je serai tout à vous. Berlin est une galerie à ciel ouvert, il suffit d'ouvrir les yeux pour être projeté dans sa folie.

Ils traversent un pont aux allures de château et Wolfgang se gare à quelques rues de là, le long d'un terrain vague. Des groupes de punks y fument des joints et écoutent du métal. Des ruines de bâtiments industriels dessinent un paysage de fin du monde. Mais une fin du monde joyeuse: des fresques monumentales et colorées recouvrent le moindre centimètre carré de brique.

— Attendez-moi, j'en ai pour cinq minutes.

— On n'est pas manchots, on va t'aider.

Chargé de sacs, de pots, de cadres et de toiles vierges, le trio pénètre dans un entrepôt fatigué. À peine éclairé d'une ampoule qui pend à un fil, l'escalier pue l'humidité, le brûlé et le solvant. Des bouts d'affiches déchirées pendouillent un peu partout du mur, Claire tente de les éviter. Cet abandon crasseux, aussi artistique soit-il, l'écœure un peu.

Wolfgang pousse du pied une planche de bois faisant office de porte et laisse passer ses invités qui découvrent un espace loft complètement brut. Tout le passé industriel du lieu est là, les poutres en acier, les poulies accrochées au plafond, les ancrages des machines-outils dans les murs, les fenêtres à croisillons, opaques de saleté, et même l'odeur âcre de la sueur. Seul le plancher de bois a subi une cure de jouvence: il est uniformément rose bonbon. L'espace en lui-même n'est pas vraiment aménagé, tout semble avoir été posé là au hasard: des chevalets, des fauteuils d'un autre temps, des outils, des bobines de cuivre, des tables encombrées. Une cafetière gît par terre. Un drap maculé de traînées de bombes aérosols est tendu dans un coin. Des tableaux de chiffres au look psychédélique sont accrochés au vaste mur face aux fenêtres: 0, 1, 1, 2, 3, 5, 8, 13, 21, 34. Un vieillard dort, recroquevillé sur un matelas douteux.

— Papy, je suis là! T'aurais pu aérer, ça schlingue, lance Wolfgang en secouant gentiment l'épaule du vieux et en parlant artificiellement fort. Tu as de la visite. Voilà Claire et James, ils viennent de San Francisco.

Puis, se tournant vers ses hôtes:

— Lui, c'est Klaus, un vétéran de la jungle berlinoise. Je le... enfin, on partage le loft pour le moment. Venez, je vous emmène faire un tour, on reviendra le voir quand il sera réveillé.

Ils partent explorer les squats du quartier, suivant Wolfgang dans un univers parallèle et caché derrière des pans de béton, des portes présumées condamnées, des paravents de bois tagués, des panneaux d'interdiction et des avis municipaux.

— Berlin est en train de vendre son âme aux promoteurs immobiliers. Par un accord tacite, ces espaces ont toujours été aux artistes, c'est eux qui ont fait de Berlin une ville en avance d'un demi-ton sur le reste de la planète, c'est eux qui ont façonné la *vibe* underground... En échange, on leur foutait la paix, les loyers n'étaient pas chers, les murs étaient à eux et l'histoire de la ville se fondait dans leurs pots de peinture. Mais ça change. Quand ils ont fait évacuer le Tacheles il y a quatre ans, on a compris que le statu quo venait de sauter. Boum. Klaus, c'était son QG, le Tacheles, sa galerie, son monde. Il ne s'en est pas remis. Je lui donne un coup de main en attendant...

Le ciel est déjà rougeoyant lorsqu'ils regagnent l'atelier de Wolfgang. Une faune bigarrée a pris possession du loft, un rock lourd et des volutes de fumée saturent l'air, et le vieux Klaus s'empiffre d'un hot dog, ressuscité par cette jeunesse qui l'entoure et le vénère. Wolfgang se fraie un chemin jusqu'à un petit frigo, y prend trois bières, fait les présentations.

— Ça, c'est Helga, elle sculpte l'acier, dans le local d'à côté. Et voici Bernd, il crée des œuvres en recyclant des douilles de fusil. Lui, c'est Johan, un genre de poète jardinier, il improvise des mini-parcs urbains expérimentaux qui font rager la ville... Ah tenez, voilà Anna. Elle, c'est notre cerveau, elle est avocate et nous représente quand ça chauffe un peu, elle se donne à fond... Et ce géant, c'est Al, Ukrainien d'origine, sculpteur sur cuivre, hyper doué mais un peu gueulard.

Le Al en question est en pleine action: il gueule. James interroge Wolfgang du regard. Celui-ci écoute le réquisitoire de l'Ukrainien, puis en fait une synthèse en anglais. Son atelier-galerie est un conteneur installé dans la cour intérieure d'un immeuble squatté. Il est arrivé ce matin et l'accès en a été condamné. Ils vont faire sauter tout le bâtiment dans les prochains jours... Il est furieux.

Al s'est tu et écoute Wolfgang parler anglais à ce couple de touristes. Il crache par terre et hurle «*Scheisse Amerikaner!*» James et Claire n'ont pas besoin de traducteur pour ce bout-là.

Wolfgang tente d'expliquer qui sont ses nouveaux amis, leur projet de guide, mais l'Ukrainien continue de les défier du regard. Il les harangue dans un anglais guttural et mouillé de postillons.

— Vous savez qui est propriétaire du Tacheles aujourd'hui? Un fonds d'investissement américain! Argent, dollars, profits... c'est tout ce qui les intéresse. Eux aussi, c'étaient sûrement de gentils touristes qui sont tombés amoureux de Berlin! Ha! ha! Des enfoirés, plutôt! Allez-y, écrivez-le votre guide de merde, faites venir les visiteurs par millions, ça fera juste monter la valeur des terrains et des enchères. Vous allez nous tuer, voilà ce que vous allez faire. C'est un guide de la mort que vous produisez. Et toi tu es un traître, conclut-il en menaçant Wolfgang du poing.

Claire tire James par la manche.

— On devrait y aller, ça va mal finir.

La musique s'est tue, les artistes se sont tus, Wolfgang s'est tu, Klaus s'est arrêté de mâchouiller sa saucisse. Alors James emboîte le pas à Claire et se dirige vers la sortie, sa bière à la main. Il se revoit remonter la nef de l'église de Malcourt, quelques mois plus tôt. Les mêmes regards désapprobateurs braqués sur lui. La même honte.

Mais pas la même fuite.

Il lâche le bras de Claire et se retourne, la tête d'abord, puis le tronc, puis tout le corps. Des dizaines d'yeux de jeunes, de vieux, de tatoués, de percés, d'artistes et d'amis d'artistes sont encore rivés sur lui.

— Al, je suis désolé pour votre conteneur. Vous avez raison sur un point: la spéculation risque d'endommager à jamais le cœur de cette ville. Mais pour le reste... Vous ne pouvez pas m'associer à ce gâchis et me traiter de *Scheisse Amerikaner* ou d'autres mots que je ne comprends pas. D'abord, je ne suis pas Américain! Et ensuite... Ensuite...

James hésite. S'il révèle qui il est, il perdra ce statut anonyme si précieux dont il jouit depuis qu'il est arrivé ici, cette liberté de vivre sans craindre d'être traqué ou observé. Il ne veut pas non plus être condescendant vis-à-vis d'autres artistes moins connus — ou tout simplement moins chanceux — que lui. Mais il y a un tel mépris dans les yeux de Al et de ses copains... Et James ne veut plus être jugé sans procès.

Alors il fouille son sac à dos, en retire un stylo rouge, et le lance à Al. Pas un lancer de grenade, non, plutôt un lancer de balle, une balle amicale, une balle à saisir au bond. À la vue du crayon, une voix dans l'assemblée s'exclame «C'est Red Pen!!», ce qui fait l'effet d'une bombe. En moins de temps qu'il n'en faut pour dégoupiller une canette de Pilsner, des dizaines de téléphones sont braqués sur lui et le mitraillent, filment, enregistrent et font savoir au monde entier que monsieur Red Pen est ici. Dans cette frénésie cellulaire, personne ne pense à l'aborder, à lui parler, à le questionner.

Sur les écrans, on voit James balayer la pièce du regard, s'arrêter sur les chiffres au mur et quitter le loft sans un mot en tenant Claire par la main.

En traversant le terrain vague, ils entendent des pas de course derrière eux.

— Laisse-moi deviner, dit James sans se retourner. C'est ton ange chéri qui vole au secours de notre dignité.

— James! Attendez! C'est vraiment vous, Red Pen? Je ne vous ai pas reconnu, je suis tellement désolé, et cet imbécile de Horst ne m'a rien dit. Al est un trou de cul, mais il n'est pas méchant. Il est juste blessé. Revenez, revenez prendre une bière.

— Je reviendrai, Wolfgang, mais pas aujourd'hui. Ce que j'ai vu ce soir m'apparaît comme très... authentique. C'est ce Berlin-là que je veux prendre en photo avec mon stylo rouge. Qu'est-ce que vous faites dans les prochains jours?

Tandis qu'ils regagnent Kreuzberg à pied, Claire confie ses inquiétudes à James. Elle aimerait bien lui laisser carte blanche, comme elle l'a fait avec le guide de San Francisco. Mais elle n'est pas toute seule pour l'édition de Berlin. Son homologue local a un mot à dire.

— Je te fais confiance, tu le sais bien, et c'est toi le *boss*, mais je ne voudrais pas que nos guides virent au manifeste politique. Il faudrait que ça reste un peu... touristique, tu vois? Promets-moi d'appeler Horst et d'assister à la réunion éditoriale.

— Claire, tu n'as pas à avoir peur. Je veux bien jouer les empêcheurs de tourner en rond, mais plus les souffre-douleur. Ma période maso est terminée. Au fait, tu as vu les tableaux de chiffres dans le loft? Je les trouve fascinants, presque... mystiques.

— Je pense qu'ils le sont un peu! C'est la suite de Fibonacci. Chaque nombre est la somme des deux précédents. T'as pas appris ça à l'école? D'un point de vue philosophique, tu peux imaginer que chaque moment présent est la synthèse des histoires passées, non? Enfin, l'ange t'expliquerait ça mieux que moi.

— Si la vie était une équation, ça se saurait, non?

Aux aurores le lendemain matin, il l'accompagne à l'aéroport et récupère Nathan, qui vient l'assister pour les photos du guide. Il lui fait un topo rapide et l'amène directement à l'atelier de Wolfgang. Pendant dix jours, les trois compères arpentent les rues, les ruelles, les terrains vagues, les entrepôts, les bunkers et les lofts, des plus spacieux au plus sordides. Pour honorer sa promesse à Claire — et à Horst, qui l'a sommé de ne pas se laisser influencer par le groupe de «pouilleux» de Wolfgang —, James intègre à ces shootings sauvages quelques perspectives plus traditionnelles, avec des monuments iconiques de Berlin. Chaque fois, il place en avant-plan un artisan de la contre-culture berlinoise avec un crayon rouge dans la main. Pour lui, ce sont eux les pionniers de l'anticonformisme, ce sont eux les porteurs du grand charivari social.

Pour la dernière photo, devant l'ancienne aérogare de Tempelhof, l'ange-peintre-philosophe-mathématicien suggère à la blague que ça soit James qui prenne la pose. Nathan adore l'idée et supplie son patron d'accepter. Malgré ses réticences, pour faire plaisir aux jeunes qui se moquent de sa fausse modestie, James s'exécute. La main tendue vers le ciel, il tient le crayon rouge dans les airs, comme un avion en train de décoller, tandis que Wolfgang lui raconte l'histoire du ballet aérien qui a permis de ravitailler la ville pendant le blocus de 1948. La photo est pleine d'espoir et James la publie sur Instagram avec la légende «Liberté».

Après avoir rangé ses boîtiers et trépieds, le trio quitte l'environnement très vert et familial de Tempelhof pour regagner le repaire post-urbain de

Wolfgang et célébrer la fin du shooting. Le loft est noir de monde: tous les artistes et militants qui ont été mis à contribution pour les photos sont là, avec des caisses de bières et des montagnes de bretzels. Y compris Al, qui offre à James un crayon ciselé dans le cuivre. James en a les larmes aux yeux et bafouille l'esquisse d'un «*Vielen Dank*».

Le massif Ukrainien le prend dans ses bras dans un éclat de rire sonore.

— Et maintenant, il ne te reste qu'à boire un Diesel pour être un vrai Berlinois!

Il lui tend un verre d'une boisson brune que James n'a pas le choix de goûter.

— C'est... abj...

Il n'ose aller plus loin. Al l'observe, sérieux comme un pape haltérophile.

— ... surprenant, je sais! Moitié bière allemande, moitié Coke américain, le meilleur des deux mondes, n'est-ce pas?

Il se bidonne, imité par les copains de Wolfgang qui applaudissent à ce baptême peu orthodoxe.

Au moment de regagner Kreuzberg, peu avant minuit, James cherche Nathan pour parler de leur retour, mais ne le trouve pas. Et à quoi bon? Cela fait déjà trois nuits que son assistant ne dort plus à l'appartement. «Berlin est sexuelle», dirait Claire.

Allongé sur le lit, la lumière allumée, James cuve son trop-plein de bière et d'euphorie. Il joue avec le crayon de cuivre de Al, l'examine sous tous les angles, admire la légèreté des soudures et la complexité des formes qui créent le volume. Il est épuisé et comblé à la fois. Ses photos de Berlin risquent de faire grincer des dents les autorités municipales et tous les représentants du tourisme «officiel» de la ville, mais n'est-ce pas la raison d'être de That Red Pen?

Par habitude plus que par intérêt, il consulte son compte Instagram, sourit à la vue des milliers de cœurs que sa photo «Liberté» a suscités, mais dessoûle instantanément en lisant le commentaire de PseudoSurMer: «Un bel héritage familial.»

«Héritage mon cul. Qui es-tu pour me parler de ma famille? Tu es trop lâche pour me répondre, hein?» se fâche-t-il une fois de plus contre cet admirateur trop assidu et trop intrusif, comme s'il était dans la pièce. «Tu veux jouer à ce petit jeu? D'accord, on va jouer.» Et pour la première fois, il va farfouiller dans le profil Instagram de l'inconnu. Pas de photo de visage, huit abonnés, dix publications, des paysages, des bords de mer, des cabanes de pêcheurs. Rien de significatif. En revanche, la géolocalisation désigne un seul et même lieu pour tous les posts: Saint-Palais-sur-Mer. James n'en a jamais entendu parler. Siri lui apprend que la station balnéaire est dans le sud-ouest de la France, sur la côte atlantique, que l'aéroport le plus proche est celui de Bordeaux, et que le prochain vol est à seize heures le lendemain.

Un bel héritage familial.

Il a très envie d'aller voir ce qui se passe dans ce soi-disant Palais marin. De découvrir qui se cache derrière ce pseudo qui lui remet sa mère sous le nez à tout bout de champ. De le questionner et de le cuisiner comme on confronte un témoin gênant. Mais témoin de quoi exactement? Et de quel héritage est-il question? De la liberté? James n'a pas vraiment le souvenir d'une Solange libre et éprise d'absolu. Il faut dire que sa mémoire a fait un tri très sélectif de ses années Malcourt. Et la distance a fait le reste.

Un bel héritage familial.

En parlant de famille, cet admirateur anonyme a ouvert une porte, comme s'il en savait long sur la mère, sur le fils, et peut-être même sur le père. Sur cette zone d'ombre qu'adolescent, James cherchait à explorer et que Solange défendait âprement. Même si les énigmatiques messages l'exaspèrent, James ne veut pas laisser passer cette chance, cette toute petite chance, de savoir qui était sa mère.

Un bel héritage familial.

La beauté d'Internet est de pouvoir combler ses moindres désirs à toute heure du jour et de la nuit. Le danger, c'est de pouvoir donner libre cours à ses moindres coups de tête. L'impulsivité est devenue un commerce qu'alimente le marketing de l'urgence: livraison top chrono garantie, plus que deux places disponibles à ce prix, encore quatre minutes pour valider votre achat, votre téléphone s'autodétruira si vous n'achetez pas tout de suite, appuyez sur la gâchette *maintenant*... Il est deux heures du matin lorsque James achète un billet d'avion pour le surlendemain et réserve une voiture de location. Pour le logement, il verra plus tard, les hôtels de Saint-Palais semblent afficher complet. Qu'importe, il trouvera.

Avant de se coucher, il appelle son monde à San Francisco pour l'avertir du changement de programme.

— T'es sûr que tu ne veux pas des vraies vacances à la place? lui demande Claire, totalement prise au dépourvu. Enfin, si ça peut t'aider à faire la paix avec ton enfance, pourquoi pas? Mais tu aurais pu commencer par aller dans le village de ta mère, là-bas il y a des tas de gens qui l'ont connue.

— Ces gens veulent ma peau.

— Tu as sans doute raison. Tu me manques, c'est terrible. Il n'y a pas une heure où je ne pense à toi. Tes photos de Berlin sont géniales, je les ai fait tourner ici, tout le monde adore, tu es un génie. Mais ce n'est pas le génie qui me manque, c'est l'homme.

Alison, elle, est beaucoup moins conciliante.

— C'est où ce bled? Tu pouvais pas aller à Saint-Tropez, comme tout le monde? Au moins, j'aurais pu te mettre un paparazzi aux trousses et te tricoter une histoire d'amour croustillante... Mais là, qui va s'intéresser à tes châteaux de sable? Dis, James, t'es pas en train de me faire une rechute? Putain, les artistes, je vous jure! Dans ma prochaine vie, je veux être commandant en chef des armées. Au moins y a de la discipline.

— Tu ne l'es pas déjà?

— Ta gueule. Écoute-moi bien mon biquet, j'ai qu'un cœur et j'ai pas envie qu'il pète à cause d'un photographe qui a un pois sauteur dans la caboche. Alors va barboter dans les vagues, mais arrange-toi pour être de retour à temps pour Montréal. Tu te souviens que tu vas faire des photos du nouveau pont, hein? Un pont, ça devrait te faire bander!

Chez Iris, c'est la curiosité et l'excitation qui l'emportent.

— Ça y est, tu te lances! Inspecteur Becker mène l'enquête. Bon, on se calme. Si ça se trouve, tu vas juste tomber sur un ami d'enfance de ta mère, un vieux grincheux empestant l'urine qui regarde la mer depuis la terrasse de son hospice. Tu vas poster des photos, dis?

— Promis.

— Fais gaffe quand même... c'est peut-être un traquenard, un fou qui veut s'en prendre à That Red Pen. Tu devrais prévenir la police là-bas, au cas où ça tournerait mal. Non oublie ça, je déraille complètement. Oui moi aussi ça va, merci de ne pas demander. On se fait un ramen à ton retour.

Nathan pointe son nez dans l'appartement vers deux heures de l'après-midi. Le visage rougi, les traits tirés, mais le sourire extatique. James ne pose pas de question, ils s'installent à l'ordinateur et visionnent les photos de la veille. Ils en téléversent une série sur le serveur des éditeurs, puis Nathan commence à rassembler ses affaires.

— Pressé de rentrer? L'avion pour San Francisco n'est que demain! s'étonne James.

— Écoute, James, je... je ne rentre pas, en tout cas pas tout de suite. Je vais passer quelque temps ici. Je m'installe chez Wolfy. Enfin, chez Wolfgang.

— Dans le loft, avec Klaus?

— Non, pas dans le loft, chez lui, ou plus exactement avec lui.

— Avec lui... Comme dans «on est ensemble»? Mince alors, je n'ai rien vu, il nous a parlé de ses anciennes copines, je n'ai pas détecté qu'il était...

— Bi! Il se passe quelque chose entre nous, un truc malade.

— En trois jours..., pense James à haute voix.

— ... et trois nuits, blague Nathan. Je suis désolé de te laisser tomber pour la suite des shootings, mais je veux vivre cette histoire, complètement, pas à distance. Ça arrive combien de fois dans une vie de se sentir appelé comme ça par un autre?

— Ouf, je ne suis pas compétent pour répondre. Profites-en, Nathan, c'est génial ce qui t'arrive. Pour être honnête, moi non plus, je ne rentre pas à San Francisco.

— Quoi? Toi aussi tu es tombé... tu te sens *appelé* par quelqu'un ici?

— Ha! ha! Non, moi, je suis appelé par mon passé. Il me rattrape, et il est temps de... de je ne sais pas quoi, en fait, mais il est temps.

16

Paris, 1969

Lorsque Solange arrive dans sa classe le lundi matin, l'appréhension qui lui a labouré la conscience tout le week-end se mue en affolement: Claude n'est pas là. Elle essaye de dérouler stoïquement son cours et les alexandrins de Lamartine, mais sans cesse son regard revient sur la chaise vide au troisième rang. Elle bafouille sur les rimes, trébuche sur les enjambements, jamais elle ne tiendra une heure, à moins que...

— Rangez vos livres et ne gardez sur votre pupitre que du papier et un stylo. Vous avez soixante minutes pour écrire un essai sur le rôle des méchants dans les romans. Et de grâce, ne vous contentez pas de me les décrire. Les auteurs l'ont déjà fait, mieux que vous ne le pourrez jamais. Demandez-vous quelle est leur fonction dans le récit. Demandez-vous s'ils vous sont sympathiques ou antipathiques, et pourquoi. Il y a un monstre en chacun de nous, c'est le moment d'analyser le vôtre.

Le lendemain, Claude ne se présente pas non plus. Solange demande à ses camarades s'ils ont des nouvelles, mais personne ne sait rien.

Le mercredi, elle s'aventure dans la salle des professeurs pour glaner quelques informations. Discrètement. C'est le directeur lui-même qui la harangue, le moins discrètement possible.

— Mademoiselle Becker, on vous voit si peu ici, mais cela tombe bien. Enfin, bien, c'est beaucoup dire. Je dois vous entretenir d'un sujet assez délicat. Soyez à midi à mon bureau.

Elle a les mains moites lorsqu'elle toque à sa porte. L'abat-jour de la lampe diffuse une lumière trop vive sur le grand buvard grenat cerné de cuir brun au centre duquel est posé un dossier d'élève. Sur la couverture, d'une belle écriture régulière dansent les lettres du nom Claude Delage.

— Mademoiselle Becker, comment se passent vos premiers mois en tant qu'enseignante?

Visiblement, le directeur a choisi de faire durer le plaisir.

— Bien je crois, répond Solange d'une voix mal assurée. J'ai la chance d'avoir des élèves réceptifs et intéressés.

— Vous incluez mademoiselle Delage?

— Oui, mademoiselle Delage est une élève brillante, qui fait preuve d'une étonnante maturité. Elle fait de notables progrès...

— Grâce à vos cours particuliers, j'imagine! Dans ce cas, pouvez-vous m'expliquer pourquoi elle quitte notre établissement? Nous avons reçu une lettre de madame Delage, nous informant que sa fille interrompait ses études pour travailler dans l'entreprise familiale. C'est cela que vous appelez de «notables progrès»?

— ...

— Votre rôle consiste à amener des élèves plus ou moins éveillés et plus ou moins volontaires jusqu'au baccalauréat. Pas à les décourager. Je vous ai laissé toute latitude pour mener vos petites expériences pédagogiques avec mademoiselle Delage, et voyez le résultat!

— Vous ne pouvez pas m'accuser... Nous savions depuis septembre que madame Delage ne souhaitait pas voir sa fille faire des études. J'ai fait ce que j'ai pu pour...

Elle ne peut retenir ses larmes.

— Reprenez-vous! Et pour l'amour de Dieu, corrigez-vous! Je vous évite la honte d'un renvoi, mais je vous aurai à l'œil désormais. Je vous recommande, ou plutôt, je vous ordonne de suivre des méthodes plus compatibles avec les standards de cet établissement. Et de grâce, apprenez à maintenir une saine distance avec vos élèves. Vous n'êtes pas et ne serez jamais leur mère.

C'est une Solange blessée qui sort de la pièce, une Solange en pleurs qui erre dans le corridor du rez-de-chaussée, et une Solange en rage qui passe devant le bureau du surveillant général. «Eh bien, mademoiselle Becker, pas de petite sortie cette semaine? l'apostrophe-t-il avec un ton jovial qui sent la revanche à plein nez. Des cancres qui échouent au bac, nous en avons quelques-uns chaque année. Mais des élèves qui démissionnent avant Noël, alors là, c'est une première. Bel exploit.»

Et il replonge dans ses registres, laissant à Solange le loisir de contempler sa calvitie.

17

Saint-Palais-sur-Mer, France

Arriver un dimanche d'été à onze heures à Saint-Palais, c'est comme entrer dans Saint-Pierre de Rome un vendredi saint: une longue procession, un chemin de croix et un calvaire. Des familles bon chic bon genre sortant de l'église croisent des baigneurs se rendant à la plage, qui croisent des touristes revenant du marché, qui croisent des habitués allant au café, qui croisent des cyclistes partant en randonnée, qui croisent des mères courant après leurs enfants, qui croisent James cherchant l'office du tourisme.

Comme les hôtels affichent complet, il doit avant toute chose régler son petit souci de logement.

— Mais monsieur, tout est plein. Vous vous rendez pas compte. C'est la haute saison qui démarre. Les gens réservent d'une année sur l'autre. Alors trouver une chambre pour ce soir, c'est impossible. Fallait vous y prendre à l'avance. C'est pour combien de personnes? Faudrait regarder sur Royan. C'est pas loin. Vous arrivez d'où? Ah oui, Berlin. Ça fait du chemin. Vous avez essayé le camping de la Côte? Ils ont des petits bungalows. Faudrait vérifier s'ils ont de la place. C'est pour combien de nuits? Oh là là, faut que je file. Je suis en retard. Ma collègue Gisèle va s'occuper de vous. Bonne chance. Et bon séjour. Vous allez voir, c'est charmant. Et il va faire un temps superbe. C'est votre première fois ici? Mais quand même, débarquer sans réserver. C'est pas possible cette histoire. Vous avez tenté *Air Bé N Bé*? J'imagine que là non plus y a plus rien. C'est fâcheux. Au revoir monsieur...

James est soulagé que Gisèle prenne les choses en main.

— Sur mon ordinateur, tout est complet. Mais on n'a jamais vu quelqu'un dormir sous les ponts à Saint-Palais. D'ailleurs, il n'y a pas de pont. Bon, on va y aller avec la bonne vieille méthode. Assoyez-vous, ça risque d'être long. Je vous offre une bouteille d'eau?

Pendant qu'il se désaltère, Gisèle décroche son téléphone:

— Allô Madeleine? Merci quand même et bisous. Allô Pierre? Merci et ciao. Allô Édouard? Merci et à bientôt. Allô Fanny? Merci du tuyau, embrasse la famille. Allô Josette? Je viens de parler à Fanny. Il paraît que... Allô Paulo? Merci, t'es un amour, je t'envoie monsieur... Monsieur comment, déjà? demande-t-elle à James en plaquant le combiné sur son poitrail.

— Becker, James Becker, répond le plus sanfranciscain des Berlinois, amusé par l'allant jovial de cette femme dans la jeune quarantaine, pleine de soleil, qui appelle tout son carnet d'adresses pour lui trouver un toit.

Il a presque envie de lui demander si elle ne connaît pas un certain PseudoSurMer, on ne sait jamais, elle semble copine avec tout le village. Mais il se ravise. Une chose à la fois. Une chambre d'abord. Puis une douche. Le dossier Solange peut bien attendre encore un peu.

— Alors monsieur Becker, c'est votre jour de chance. Le patron du Cordouan a un studio au-dessus du restaurant. Il le garde pour son fils qui revient l'été, mais Kevin n'arrive pas avant deux semaines... Ah Kevin, on aurait long à dire sur ce garçon. Son père veut l'avoir à l'œil, si vous voyez ce que je veux dire... Enfin, si ça vous va, le studio est à vous, meublé, vue sur la baie de Nauzan, cent cinquante euros par nuit. Il vient d'être retapé, alors ça sent un peu la peinture, et il n'y pas encore le lave-linge. Vous prenez? Avant de partir, vous pouvez me remplir ce petit sondage de satisfaction?

Le Cordouan est un restaurant au décor rustique — poutres apparentes, tables en chêne, vieux filets de pêche suspendus au plafond — qui doit son succès à ses pantagruéliques plateaux de crustacés et à sa situation idéale, directement sur le bord de mer, à quatre enjambées du centre-ville.

James repère rapidement le fameux Paulo, qui, depuis le large bar au cuivre rutilant, orchestre avec autorité l'afflux de clients, le ballet des serveurs, la mécanique des cuisines et le tintement de la vieille caisse enregistreuse. C'est dimanche, c'est midi, c'est la France, et peu importe qu'il fasse chaud ou qu'on soit à deux pas de l'océan, tout le monde est à table avec un verre de vin et un céleri rémoulade. Debout dans l'entrée, avec sa valise à la main et sa solitude en bandoulière, James se demande soudain ce qu'il fait dans cette salle à manger pleine de bruit et de monde, dans ce bastion de la famille nucléaire modèle, dans cette station balnéaire digne d'une carte postale des années 1970.

Entre deux ordres aux cuisines, Paulo le propulse sans préliminaires dans ce caravansérail. « Vous êtes le Berlinois! La salle est pleine, installez-vous au comptoir. Voilà un verre de rosé et la carte, je vous montrerai le studio après le coup de feu de midi. »

Happé par la bonhomie du capitaine du Cordouan, James laisse tomber toute résistance. Il commande un plat de langoustines, un pichet de vin maison, et regarde par les fenêtres grandes ouvertes des groupes d'enfants qui jouent dans le sable. Ils bâtissent des enceintes inattaquables, des tours de garde imprenables, des fossés infranchissables, protégeant avec l'énergie des vainqueurs le trésor le plus précieux de leur vie de pirates : l'imagination. Ils n'ont pas conscience de leur chance, se dit James. À leur âge, lui savait déjà qu'il était malheureux.

Le studio est petit, mais coquet. Un coin nuit à gauche de l'entrée, un coin séjour avec cuisine ouverte à droite, une salle de bains de poupée entre les deux, de hauts plafonds, des murs blancs parfumés à la térébenthine. En ouvrant la porte vitrée pour aérer, James découvre avec enchantement que la terrasse est presque aussi grande que l'appartement. Et surtout, elle surplombe toute la plage de Nauzan, la baie et l'horizon : le paradis. Quoi qu'en dise Miss Stress de l'office du tourisme, il n'aurait jamais trouvé mieux en s'y prenant des semaines à l'avance. Et un point pour l'improvisation.

Paulo lui a conseillé de laisser sa voiture dans le stationnement du restaurant et de circuler à pied ou à vélo. James lui a montré l'une des photos du compte Instagram de PseudoSurMer, celle où l'on voit de hautes dunes plonger dans l'océan. « Ça doit être la Grande Côte, à vingt minutes en direction de

La Palmyre. Prenez le chemin des douaniers sur le bord de mer, c'est plus long mais très bucolique.»

Il longe la minuscule plage urbaine dite du Bureau, prise d'assaut par des centaines de parasols, de serviettes, de glacières et de chaises pliables, et s'arrête devant un carrousel planté sur la placette à l'entrée de la plage. Avec ses licornes qui montent et descendent, il transforme les enfants sages en princes et princesses, le temps d'un tour de manège. James s'enivre de ce tintamarre estival, du parfum vanillé des crèmes glacées et de l'odeur collante des barbes à papa que vend un marchand de bonheur. Il sort son téléphone, dégaine son crayon rouge, croque la ronde des enfants rois et poste la photo sur Instagram avec la géolocalisation de la scène et le commentaire «Fabrication de souvenirs».

Après la corniche des Pierrières, il débouche sur une pointe rocheuse contre laquelle les vagues se fracassent dans un bruit assourdissant. Un panonceau indique *Le Pont du Diable*, ce qui fait sourire James. «Je le savais, une ville sans pont, ça n'existe pas», se dit-il en repensant à l'innocente certitude de Gisèle. Juste pour le plaisir de raviver l'aversion d'Alison pour *ses* ponts, il tient le crayon rouge devant l'écriteau, prend la photo et la publie. Par curiosité, il descend les marches taillées dans la pierre pour étudier le pont en question, une formation géologique de quelques mètres de long entièrement ciselée par l'érosion.

Il retire ses baskets pour traverser la plage du Platin, étonnement déserte, que dominent des villas Belle Époque aux pierres centenaires et des maisons de style basque aux volets bleu lavande, vert amande, rouge lie-de-vin. À travers les branches des pins, il distingue dans les jardins des chaises longues savamment alignées et des corps minutieusement huilés. Ici, on ne déguste pas son bonheur dans le sable de la plèbe. Ici, on bronze en privé et on sirote sa limonade dans des verres aux motifs assortis à ceux des coussins.

Passé l'hôtel Primavera, à la noble silhouette, l'ambiance est tout autre: la joie de vivre reprend ses droits. Des pêcheurs de tout âge lancent leurs lignes clope au bec, des enfants courent dans tous les sens, des bancs d'ados font prendre l'air à leurs vers de rap. James s'arrête un instant pour prendre en photo l'alignement de carrelets qui défient la mer avec leurs pilotis et leurs filets. Crayon rouge, publication sur Instagram et toujours la même légende, «Fabrication de souvenirs», avec un numéro, 1, 2, 3... comme une série de clichés destinés à raviver la mémoire d'un amnésique.

Ses étés à lui étaient si lents, quelques sorties à vélo avec les copains, des promenades silencieuses en forêt avec Solange, des baignades dans un étang vert aux berges boueuses et de longs après-midi dans sa chambre à rêver d'évasion. Finalement, ses vacances n'étaient qu'un simple temps mort en attendant la rentrée des classes.

Arrivé en haut de la Grande Côte, il découvre une plage qui se perd à l'infini vers le nord, dans une brume chargée d'embruns et de chaleur. Côté terre, de hautes dunes de sable blanc couvertes d'une végétation fragile de giroflées, de lis de mer et de liserons. Côté mer, des vagues excitées par la rencontre avec les eaux de la Garonne, qui se déversent sur la plage et dont les hauts rouleaux amusent les baigneurs les plus intrépides. Entre les deux, une invasion de flamants roses, motif vedette des bouées, flotteurs, matelas pneumatiques et autres accessoires gonflables. James traverse les premiers cent mètres, bondés, puis les cent suivants, où un groupe d'enfants armés jusqu'aux dents jouent aux soldats sur un blockhaus, vestige de la Deuxième Guerre mondiale — crayon rouge, photo, «Fabrication de souvenirs 4» —, puis les cent suivants, où évoluent des chars à voile, puis les cent suivants, où il est enfin seul. Il enlève son t-shirt et s'assoit face à la mer. Pour la première fois depuis des semaines, des mois, il a l'impression de voyager vraiment. Et de s'évader totalement.

S'il voulait être de bonne foi, il se remémorerait ce court séjour à Paris que Solange avait organisé lorsqu'il avait quinze ans. Il rêvait de hauteur, la tour Eiffel, l'Arc de Triomphe, la tour Montparnasse. Elle l'avait traîné dans les sous-sols du Louvre, de la Conciergerie et de la basilique Saint-Denis, où sont enterrés les rois mérovingiens. Chacun restant campé sur ses positions, dans le ciel ou sous la terre, leur cohabitation dans la chambre d'un modeste hôtel du 14e arrondissement était rapidement passée de l'indifférence passive à la guerre des tranchées, et ils étaient rentrés à Malcourt plus étrangers que jamais l'un à l'autre.

Ses mains caressent le sable et égrènent doucement ces particules de presque rien qui forment un tout indestructible. Dans les flots, face à lui, se dresse une tour. «Ça doit être ça, le phare du Cordouan.» James s'allonge, ventre à terre, face à la mer, plante son stylo rouge dans le sable, aligne le phare juste à côté, dans le viseur de son téléphone et prend la photo. «Fabrication de souvenirs 5».

Une vibration dans sa poche le tire de sa sieste. C'est un message privé sur Instagram, en provenance de PseudoSurMer. «Attendez-moi, j'arrive. Chapeau bleu.»

«Nous y voilà, ricane James, le chat sort du sac!»

Il n'a pas dormi longtemps, une trentaine de minutes, juste assez pour prendre un coup de soleil. Il roule son jeans et va tremper ses pieds dans l'écume du ressac. Il s'asperge la nuque pour se rafraîchir, comme le font les nageurs avant de piquer une tête. À sa façon, lui aussi s'apprête à plonger, et il ignore totalement ce que les profondeurs vont lui révéler.

Il construit un monticule de sable très sommaire, y plante son crayon rouge et, en attendant son informateur au chapeau bleu, va escalader la dune. Le sable y est encore plus fin, plus chaud aussi, ses pieds nus brûlent, s'enfoncent, se piquent sur des branches séchées, heurtent des morceaux de ganivelle. Essoufflé lorsqu'il arrive au sommet, il est accueilli par une brise tiède et un panorama exceptionnel, suspendu entre le monde habité de l'estuaire et le désert marin de l'océan. Vu d'ici, son stylo n'est plus qu'un minuscule point rouge, un vulgaire grain de sable un peu plus coloré que les autres, c'est tout.

L'esquisse d'un sentier serpente sur la crête de la dune et redescend de l'autre côté, vers les landes, vers une route, vers une vie connue. James pourrait s'y engager, là, tout de suite, en oubliant monsieur Pseudo et ce rendez-vous ridicule. Il pourrait rejoindre le village et repartir chez lui, discrètement, refermant la parenthèse de cette escapade motivée par une nébuleuse curiosité envers un passé tout aussi nébuleux. Oui, il pourrait. Cela lui effleure l'esprit. Il pourrait aussi juste se poster ici et observer son informateur de loin, comme un gamin qui regarde par le trou de la serrure pour voir sans être vu. Cette image le fait rire. Alors, comme un gamin, il dévale la dune en courant, à grandes enjambées, vers la plage.

Des promeneurs passent devant James et son crayon rouge, toujours planté dans le sable. Un couple d'amoureux aux cheveux longs qui s'embrasse tous les dix mètres, un joggeur en casquette blanche équipé pour traverser le Kalahari, un père et son fils, en bob, munis de cannes à pêche, un ado tout en noir couronné d'écouteurs carrés, une femme en tunique jaune et capeline noire à larges bords, un papy en béret qui se sert de sa canne pour déterrer des coquillages, un cycliste en *fat bike* et casque de protection. Pas de chapeau bleu.

— Vous êtes James, n'est-ce pas?

Il se lève d'un bond. La femme en jaune qui est passée il y a quelques secondes s'avance vers lui. James fixe son couvre-chef, dubitatif.

— Excusez-moi, je cherchais... un chapeau bleu!

Elle enlève sa capeline et laisse tomber sur ses épaules une chevelure bouclée aux reflets blonds ou roux, James ne saurait dire, il n'est soudain plus très sûr de ses couleurs. Elle doit avoir près de soixante-dix ans, un soixante-dix tonique et jovial.

— Oh! Il est bleu marine, navrée de la confusion. Mais si vous voulez, nous pouvons attendre ensemble qu'un autre chapeau bleu se présente!

La glace est brisée mais James demeure bouche bée, au sens propre : bouche ouverte, mâchoire qui pendouille mollement, yeux dans le vide. Il lui manque juste un filet de bave à la commissure des lèvres pour compléter la panoplie du parfait demeuré.

De son sac, la femme sort un grand plaid gris. En s'assoyant à ses côtés, James examine son visage lumineux, parsemé de taches de rousseur et de discrètes marques du temps. Il voudrait voir ses yeux, mais elle garde ses lunettes de soleil, des lunettes mouche aux montures épaisses.

— Ce n'est pas le chapeau qui m'a induit en erreur. J'ignore pourquoi, je me suis toujours imaginé que PseudoSurMer était un homme.

— Tous ces réseaux virtuels sont trompeurs. On peut discuter pendant des semaines avec des inconnus qui, la plupart du temps, devraient le rester. Homme, femme, pervers, publicité, on ne sait plus. D'ailleurs, qui se rencontre vraiment aujourd'hui sur cette plage? Est-ce PseudoSurMer et That_Red_Pen? Ou James et Claude?

— Donc vous vous appelez Claude. Ça vous va mieux que PseudoSurMer.

— C'est mon petit-fils qui m'a soufflé ce nom étrange quand il m'a expliqué comment marchait Instagram. Il m'a dit que j'avais besoin d'un pseudo, je l'ai pris au mot.

— Vous avez combien de petits-enfants?

En fait, James se fiche complètement de la descendance de cette dame, aussi avenante soit-elle. Mais la savoir grand-mère vient de torpiller la potentielle menace qui planait encore sur ce rendez-vous. À quelques exceptions près, les grand-mamans font de très mauvaises psychopathes. Il y a peu de chances que cette Claude soit une déséquilibrée mentale, une chasseuse de célébrités, une Jeanne d'Arc de la morale ou une vendeuse de rédemptions. Il est soulagé. Claude ne se méprend pas non plus sur le sens de la question et élude le sujet.

— La marée est en train de descendre. Je ne sais pas comment sont celles du Pacifique à San Francisco, mais ici, elles sont très marquées. Deux fois par jour, la mer se retire sur des dizaines de mètres et découvre toute une partie du rivage que l'on croyait oubliée. Et deux fois par jour, elle remonte et vient balayer les traces qu'y ont laissées les hommes. Lors des grandes marées d'équinoxe, cette plage n'existe presque plus, elle est submergée par la mer et ça chamboule tout, le paysage, la vie du village, l'humeur des gens.

Le prologue est terminé. Comme dans une tragédie grecque, le chœur a planté le décor du drame qui s'apprête à se jouer et assigné à chacun le rôle que le destin lui a réservé. L'histoire ne peut plus être modifiée, ni par les hommes, ni par les dieux, ni par la marée, c'est comme ça, décidé d'avance. Il ne reste plus qu'à dérouler le fil des événements. James ne dit rien, il attend la scène suivante.

— J'ai vécu trois grands chocs dans ma vie, trois grandes marées qui m'ont engloutie: quand j'ai dû quitter l'école à dix-sept ans; quand j'ai eu mon premier enfant; et quand j'ai vu dans le journal la photo de Solange dans son cercueil, avec un crayon rouge en travers de la bouche.

La voix de Claude est beaucoup trop posée. Un frisson parcourt James. Finalement, c'est peut-être une psychopathe.

— Elle et moi avons été très proches à une époque. C'était ma professeure de lettres au lycée, le Lycée Platon à Paris, vous connaissez? Non, bien sûr, vous ne pouvez pas connaître. Je crois d'ailleurs qu'il a changé de nom dans les années 80. J'étais une étudiante informe, une petite sauvageonne qui détestait tout et tout le monde, à commencer par ses parents. Je les trouvais ignares, vulgaires, obnubilés par leur petit commerce, par l'argent qui manquait. Avec du recul, je m'aperçois que j'étais juste une ado normale, c'est-à-dire rebelle et perdue. Je passais mon temps libre à travailler à la boutique, j'étais souvent en retard en classe, dans mes devoirs. Les livres n'étaient clairement pas ma priorité. Mais votre mère... Votre mère a trouvé que j'avais du talent. Elle avait quasiment l'âge de ses élèves. On l'aurait assise parmi nous, personne n'aurait pu dire qui était le professeur. C'était son premier poste. Ça se voyait, elle avait le trac avant chaque leçon, mais cette nervosité ne durait pas. Dès qu'on abordait une œuvre, elle se laissait porter par les mots, cela la rendait plus forte, plus belle. Et puis, elle faisait tout le contraire des vieux schnocks auxquels on était habitués, cela nous plaisait à mes camarades et moi.

James est surpris qu'une femme de son âge, qu'il n'a jamais vue, soit assise à ses côtés, sur une plage où il n'a jamais mis les pieds auparavant, et qu'elle lui livre son histoire, sans résistance ni fausse pudeur. Il ne l'interrompt pas.

— Malgré mes mauvais résultats et mes manières bourrues, elle a cru en moi. Elle m'a encouragée, s'est proposée pour me donner des cours de soutien. Sincèrement, au début, je n'en avais rien à faire. Ces leçons particulières m'apparaissaient juste comme une occasion de retarder le retour dans le bouge familial. Et puis j'ai fini par y prendre goût. Elle avait l'art de choisir des textes qui me parlaient, de les faire vivre, et pour la première fois de ma vie, je me suis sentie intelligente et bonne à quelque chose. Ne vous méprenez pas, James, votre mère ne me poussait pas. Non, elle ne faisait que révéler ce qui sommeillait en moi, ma vraie nature. On n'oublie jamais ceux qui vous ont libéré du joug de l'ignorance.

Elle tourne doucement la tête vers lui et le dévisage de ses grosses lunettes fumées. Son visage demeure doux, mais le sourire sur ses lèvres s'est estompé, cédant la place à une ligne droite, une ligne dure, une ligne de faille. Elle prend une grande respiration qui a l'air d'un soupir.

— Cette photo que vous avez prise est ingrate. On aurait dit que vouliez empêcher Solange de parler, la museler comme les dictateurs le font avec les dissidents. Car c'était une dissidente. Toujours prête à remettre en question les vieux préceptes de l'éducation, à affronter les gardiens du temple... Vous savez, elle s'est battue pour moi, battue contre mes parents, contre le directeur du lycée et contre mes résistances. Ses paroles ont réussi à me faire sortir de ma coquille. Elles ont été salvatrices. Ce portrait que vous en avez fait n'est pas fidèle à...

— Fidèle à quoi? coupe James qui sort brutalement de sa réserve.

Cette histoire le dérange. Il a du mal à imaginer sa mère dans le rôle de la prof hérétique cherchant à éveiller les consciences façon Robin Williams.

Et pourquoi pas monter sur les dunes et déclamer *Ô Capitaine! Mon Capitaine!* tant qu'on y est.

— Je le trouve au contraire très fidèle à la Solange que j'ai connue, moi, poursuit-il avec assurance, et je pense l'avoir côtoyée pas mal plus longtemps que vous, si vous me permettez. Solange avait peut-être la vocation pour enseigner, mais pas celle pour être mère.

Le ton est plus tranchant qu'il ne l'aurait souhaité, il a senti le corps de Claude se raidir en encaissant le coup. En fait, il est exaspéré d'avoir fait tout ce chemin juste pour ça, pour rencontrer une ancienne élève de sa mère, pour entendre des anecdotes d'école et de prof.

Claude éclate en sanglots.

— C'est terrible, comment pouvez-vous dire une chose pareille?

Ces reproches larmoyants ramènent James à l'hiver dernier, face au tribunal du notaire, au jugement du village et aux condamnations d'Instagram. Mais cette fois-ci, par pitié pour cette dame en pleurs, au lieu de laisser sa colère exploser, il la raconte. Huit mois ont passé et il ne cherche plus à se justifier, à excuser sa photo, à légitimer son geste, non, il relate des moments, des bribes de son enfance, des anecdotes. Il raconte les journées sans joie, les soirées sans amour, les vacances sans vacances. Il livre à cette grand-mère nostalgique ses frustrations d'enfant, ses déceptions d'adolescent et sa résilience d'adulte face à une mère dure et austère. Il faut qu'elle comprenne qui était vraiment cette professeure soi-disant modèle. Et que le crayon rouge qui est là, planté dans le sable devant eux, ce crayon rouge était son sceptre concentrant tout le pouvoir de la correction.

Claude farfouille dans son sac et en tire un mouchoir. Elle pleure, renifle, se mouche, James est quelque peu désemparé par cette détresse et s'arrête dans son récit. Il a l'impression de la torturer. Il voudrait pouvoir la réconforter, mais il sait qu'aucun geste ne rendra sa vérité plus facile à écouter.

— Je suis désolée, bredouille-t-elle.
— Vous n'y êtes pour rien.
— Si seulement.
— Que voulez-vous dire?
— Que cherchez-vous, James? Pourquoi êtes-vous venu à Saint-Palais? Vous détestiez votre mère, vous l'avez publiquement clouée au pilori, lui offrant une sépulture de haine. Soit. Mais avez-vous vraiment besoin de cultiver cette haine et de la partager avec tout le monde? Qui voulez-vous convaincre? Moi? Moi j'adorais Solange, que vous le vouliez ou non. Ça vous fait peur que d'autres aient pu aimer votre mère?

Elle a visé juste. Il se lève d'un bond, s'éloigne, déambule sur la plage, se frotte les cheveux.

Elle se lève à son tour, moins prestement, secoue sa tunique pour en décoller le sable, et se dirige lentement vers la mer. Elle s'y trempe les pieds, offrant son visage au soleil et ses larmes au vent.

James l'observe de loin. Malgré leurs différences d'âge et de point de vue, il y a quelque chose qui l'attire chez cette femme. Elle est la première personne qu'il croise à avoir connu sa mère jeune. Elle détient un morceau d'histoire qui ne lui appartient pas, mais qui, malgré lui, l'intéresse. Il la rejoint sur le rivage.

— Je m'excuse... Je m'excuse d'avoir déboulonné le mythe de la professeure admirable de votre jeunesse. C'est votre passé et je le respecte. Peut-être Solange a-t-elle été la personne que vous décrivez. Je suis presque prêt à vous croire. Mais vous devez me croire à votre tour. Il n'y avait pas d'affabulation dans ma photo, juste un regret, celui de n'avoir pas eu une mère qui m'aime. Vous avez eu des enfants, vous devez comprendre, non?

Un claquement dans l'air leur fait tourner la tête et leur offre une pause dans le duel de souvenirs auquel ils se livrent. Au-dessus d'eux virevolte un cerf-volant, un losange mauve et jaune doté de deux grands yeux noirs qui vont et viennent sur la plage. Au bout de la ficelle, un enfant court pour que le monstre des airs ne perde pas de hauteur. Mais le vent est faible et le garçon a de petites jambes, le cerf-volant finit par piquer du nez et s'écraser sur la grève. James reprend là où il en était.

— Je crois que je suis jaloux, en fait. Vous l'avez connue prof idéale, je n'ai eu droit qu'à la mère radicale. Comme si ce n'était pas la même personne. Elle a dû changer à un moment donné.

Claude a croisé les mains dans son dos, elle dodeline légèrement, comme si elle hésitait, entre deux eaux, deux courants. Et puis elle se lance.

— Maintenant que vous avez fait tout ce chemin... autant que vous sachiez... je n'ai pas raconté ça à grand monde. L'intimité d'une femme, c'est sacré. Mais vous vous fichez pas mal du sacré, hein? Un soir, c'était en décembre 1969, je suis allée au théâtre avec Solange. Je me souviens, on jouait *Antigone*. La pièce n'était pas du tout dans les canons de l'éducation et votre mère a pris un risque en m'y emmenant... C'était sa vision à elle de la littérature. Bref, elle m'a très gentiment invitée au théâtre, je n'y étais jamais allée, c'était une grande première et j'ai passé la soirée la plus merveilleuse de ma vie. La plus surprenante aussi, et... la plus libre.

— Libre dans quel sens?

— Libre dans le sens le plus exaltant, James.

Elle tourne la tête et ôte délicatement ses lunettes de soleil pour le regarder. Ses yeux bleus sont encore humides, un peu rougeoyants, mais maintenant, elle s'en moque. Elle a retrouvé le sentiment de liberté de cette soirée, cela lui donne des ailes et redessine un sourire sur ses lèvres.

— Ce soir-là, nous avons fait tomber des murs, nous avons oublié les convenances, nous avons transgressé les règles, toutes les règles.

— Vous voulez dire que... vous et ma mère..., murmure James, qui a soudain peur de comprendre. Vous avez eu une liaison ? Ma mère était... lesb... lesbienne ?

— Je ne crois pas que votre mère et moi rentrions dans aucune catégorie.

Atténuées par la marée descendante, les vagues qui lui caressent les chevilles font à James l'effet d'un tsunami.

— Mais... Mais... Vous étiez amoureuses ?

— Nous étions juste deux très jeunes femmes un peu innocentes, je dois le reconnaître, et follement éprises de littérature, de nouvelles idées, de modernité. Nous sommes sorties après le théâtre, puis nous avons encore parlé de livres et les mots nous ont emportées dans leur sillage, dans leur folie. Nous étions amoureuses de l'idée de l'amour, de l'émancipation, de l'abandon à quelque chose de plus grand que nous.

Sa mère dans les bras d'une femme. Sa mère nue dans un lit avec une étudiante. Sa mère embrassant cette Claude-là. Sa mère, si droite, si à cheval sur la morale, les apparences et la bonne conduite. Sa mère, si inflexible et si tranchante. Sa mère si sèche et desséchée. Il n'en revient pas, il doute, il nie, il suffoque. Mais pourquoi lui mentirait-elle?

— Et après? Après, que s'est-il passé?

— Après? Après, la réalité de l'époque a repris le dessus. Mes parents n'avaient pas fait d'études et ne voyaient pas l'intérêt que j'en fasse. Ils cherchaient n'importe quel prétexte pour me forcer à abandonner, ils guettaient le moindre faux pas. Avec cette soirée où je ne suis pas retournée à la maison, je leur ai offert une occasion en or. Quand je suis rentrée le lendemain, j'ai été accueillie par des cris et des gifles... quelle scène! J'ai dû être odieuse et le couperet de la condamnation n'a pas tardé: fin du lycée. Pour me faire oublier mes manières de petite intellectuelle prétentieuse, ils m'ont envoyée à la ferme de mon oncle quelque temps. Sur le moment, cela ne m'a même pas fait peur. Bien sûr, j'étais enragée de ne plus pouvoir aller à l'école, de ne plus pouvoir apprendre et m'évader dans les livres. Mais Solange m'avait rendue plus souveraine. Et plus fière aussi.

— Vous l'avez revue après votre séjour à la ferme?

— Séjour? Comme vous êtes drôle! Ce n'étaient pas des vacances... Je parlerais plutôt de purgatoire, répond Claude en sortant de l'eau et en regagnant sa serviette. Je vais devoir rentrer, c'est un ami qui garde mes petits-enfants, je ne veux pas abuser de sa gentillesse, il m'a dépannée à la dernière minute. Je n'avais pas prévu de vous voir aujourd'hui. J'habite sur la Grande Côte, à cinq cents mètres. Marchez avec moi, vous voulez bien?

Elle poursuit son récit en cheminant sur la plage. La plupart des familles ont plié bagage et seuls quelques groupes de jeunes restent encore sur le sable, à contempler le soleil qui commence à rougeoyer à l'horizon.

— Après bien des péripéties, j'ai fini par revenir aider mes parents à la droguerie. La France était en plein boom économique et les affaires ont repris. On a commencé à vendre tous les gadgets américains qui débarquaient sur le marché, des produits miracles qui faisaient rêver les maîtresses de maison. Je passais mes journées au magasin et mes nuits à lire, entretenant l'illusion que je contrôlais ma vie. Et puis un jour, un représentant de commerce est venu nous baratiner avec une nouvelle gamme de balais. Il était moins laid que les autres, et surtout, plus drôle. J'ai commencé à le fréquenter. Je ne sais pas si je l'aimais à cette époque. Je le voyais surtout comme un tremplin vers une autre vie et comme une façon tangible d'exercer mon libre arbitre.

Arrivée devant les marches en bois qui mènent à la route, James lui offre son bras en soutien et elle l'accepte, naturellement. Ils dépassent les restaurants touristiques de la Grande Côte, puis le camping, et elle s'arrête devant le portail d'un petit pavillon des années 1960, face à la mer.

— C'est ici. Cet homme, j'ai appris à l'aimer et nous avons été heureux ensemble. Nous sommes rapidement partis nous installer à Bordeaux, il avait envie de soleil, j'avais envie de prendre le large. Comme il commençait à bien gagner sa vie, j'ai pu reprendre mes études. Je n'ai pas travaillé tout de suite, on a fondé une famille, j'ai pris le temps de m'en occuper. Vous voyez la petite Laura qui joue dans le jardin, là-bas, c'est ma petite-fille. Et puis j'ai repris le chemin de l'école, en tant qu'institutrice cette fois. Il y a deux ans, mon mari est décédé et je me suis définitivement installée dans notre maison de vacances. Cette maison. Nous y avions été si bien. Et vous James, êtes-vous heureux?

La petite Laura ne laisse pas à James le temps de répondre. Elle vient d'apercevoir sa grand-mère sur le trottoir et se précipite dans ses bras.

— Mamy, Mamy, regarde, j'ai trouvé un escargot... Dis Mamy, on peut l'adopter? Il est tout seul.

Elle s'aperçoit tout à coup que James est là et ajoute:

— C'est lui, le nouvel oncle?

— Rentre te laver les mains, Laura, j'arrive dans une minute, répond Claude, qui se dégage du bras de James, soudain pressée, et referme le portail derrière elle. James, je sais que tout cela est un choc pour vous. Je ne voulais pas... Je ne voulais pas vous provoquer avec mes messages sur Instagram. Je ne voulais pas vous rencontrer non plus, mais vous aviez tellement l'air de chercher quelque chose. Je me suis laissé prendre au jeu de vos publications et nous voilà à nous raconter des scènes de vie sans queue ni tête. Retournez à vos photos, je vais retourner à mes cocos.

Des larmes ont recommencé à couler sous les lunettes de soleil.

— Votre portrait de Solange au crayon rouge vous a rendu célèbre, vous êtes une star aujourd'hui. Vous prenez la défense de causes nobles. Tant mieux, mais pensez-vous être aussi juste avec votre mère que vous l'êtes avec toutes ces personnes que vous défendez? Après ce qu'elle a fait, pour moi du moins, elle n'a pas besoin d'un procès, aussi artistique soit-il. Elle a besoin de paix. Et vous aussi, je pense. Au revoir James, ça a été un plaisir de vous rencontrer.

Elle ne le regarde pas dans les yeux et le laisse là, devant le portail, devant la maison dans laquelle elle se réfugie, dans sa tunique jaune, avec sa capeline bleu marine à la main.

— Vous ne m'avez pas répondu. L'avez-vous revue? lui lance-t-il depuis le trottoir.

Mais elle est déjà dans l'entrée de la maison et referme la porte.

18

Nashville — Saint-Palais-sur-Mer

Des centaines de philanthropes fortunés sont réunis dans la salle de bal de l'hôtel Blue Crystal, à un jet de pierre du Capitole de Nashville. Rassemblés en tables de huit, ils finissent de déguster un sabayon de fruits rouges au ratafia, point d'orgue d'un repas tout en raffinement concocté par une jeune étoile de la gastronomie française, ancienne élève de Ducasse. Tandis que les serveurs apportent le café, les lustres aux mille pampilles s'éteignent progressivement et tous les visages se tournent vers la scène. Une femme en tailleur blanc se place derrière le lutrin. Sur un écran géant au-dessus d'elle, l'image d'un immense crayon rouge avec l'inscription *Corrigez la loi, protégez notre liberté* sert de décor.

— Bonsoir à tous, et merci de participer à cette soirée-bénéfice en faveur d'une cause essentielle pour les femmes de l'État du Tennessee. Mon nom est Jennifer Sanchez. J'ai trente-sept ans, je suis mère de deux adorables fillettes de trois et neuf ans. Ce soir, c'est mon mari qui les garde. Merci Alexandro ! C'est le meilleur papa du monde... même si je sais très bien qu'il les fait manger devant la télé quand je ne suis pas là.

La salle rit et applaudit, ce qui donne à Jennifer le courage de poursuivre.

— Je ne suis pas une politicienne. Je travaille dans une salle de gym de Nashville Nord. Je ne gagne pas une fortune, mais on se débrouille et je suis heureuse. Il y a des moments dans ma vie qui ont été moins joyeux. Quand ma fille aînée avait quatre ans, je suis tombée enceinte. On était euphoriques, on a commencé à chercher un appartement plus grand. Le jour où on devait signer le bail, j'avais rendez-vous avec ma gynécologue. C'est là qu'elle m'a dit qu'il y avait un problème : le fœtus ne grandissait pas normalement. Elle m'a parlé des risques, pour le bébé et pour nous, des scénarios possibles. Il n'y en avait aucun de bon. Rapidement, mon mari et moi avons décidé de mettre fin à ma grossesse. Nous sommes allés voir une clinique du centre-ville, ils nous ont écoutés, ont posé des tas de questions... puis ils nous ont dit qu'ils ne pouvaient rien faire. Que c'était illégal. Vous savez pourquoi ? Parce que j'en étais à trente et une semaines de grossesse.

Ça faisait beaucoup de chocs en peu de temps. On s'est renseignés et le seul choix qui s'offrait à moi, c'était de sortir de l'État du Tennessee pour...

— C'est un meurtre! C'est un crime! C'est un meurtre! C'est un crime!

Les voix viennent du fond de la salle, où quatre convives se sont levés de table et se dirigent vers la scène à grands pas, en répétant ces deux phrases à l'envi et en pointant un doigt accusateur sur Jennifer, puis sur les invités. Ce lugubre ballet surprend tellement l'assistance que personne ne réagit vraiment. Seul un régisseur sort des coulisses et prend Jennifer par les épaules pour la mettre à l'abri. Parvenu sur scène, le plus rapide des faux donateurs de l'escouade pro-vie sort une bombe aérosol de sa veste et barbouille l'écran géant, bientôt maculé de traînées bleues. Il s'empare du micro et lance, d'une voix forte : « Avorter est un crime. Et ce crayon rouge est l'arme du crime. C'est l'instrument du massacre. »

Pendant qu'il vocifère, ses camarades lancent dans les airs des bouquets de tracts, qui virevoltent comme des feuilles mortes et atterrissent sur le tapis fleuri, sur les tables, dans les verres, dans les tasses de café. On y voit une femme enceinte allongée par terre, un crayon rouge planté dans le ventre. Du sang coule. « Des vies sont entre vos mains. » L'horreur.

Lorsque les agents de sécurité de l'hôtel font irruption dans la salle de bal, dans un fracas de portes, les activistes ont le bon goût de mettre immédiatement fin à leur coup d'éclat et de quitter calmement les lieux, sous escorte. Le tout n'aura duré que deux minutes, mais occupera deux pages dans tous les quotidiens du pays.

Alison crache son café lorsqu'elle tombe sur l'article du *San Francisco Chronicle* le lendemain matin. « That Red Pen pris à partie par des militants pro-vie », annonce le quotidien. « Merde, James ! Où t'as encore été fourrer ton nez ? » maugrée-t-elle dans sa cuisine. Elle parcourt l'article, consulte le site du *New York Times*, celui du *Washington Post*, peste — « les salopards, les chiens sales, les fils de putes » —, puis s'empare de son téléphone. Mais par qui commencer ? James ? L'avocat ? Claire ? « Bon, c'est parti pour un trio McGueulante avec extra sauce piquante. » La journée commence très mal.

* * *

À Saint-Palais depuis deux jours, James se repasse en boucle la conversation avec Claude. Comme un poison qui progresse lentement dans le corps, les révélations qu'elle lui a faites attaquent ses organes les uns après les autres, distillant le doute dans tout son être: ses oreilles, abasourdies d'avoir entendu des secrets auxquels elles n'étaient pas préparées; ses yeux, coupables de n'avoir rien vu venir; son cerveau, peu enclin à renoncer à la rancœur contre sa mère; et son cœur, chaviré parce que Solange ne lui a jamais parlé de rien, à lui, son fils. Qu'elle ait tu ses aventures charnelles avec son étudiante, passe encore. Qui veut connaître les détails de la vie sexuelle de ses parents? Mais qu'elle n'ait jamais abordé son début de carrière, ses idéaux et ses batailles, ça, il ne le comprend pas. À partir de quand le silence devient-il mensonge?

Il saisit encore moins comment une jeune fille apparemment libérée a pu se muer en une mère psychorigide, en une missionnaire de la bonne conduite menant son monde — et son fils — à la baguette, sans jamais baisser la garde. Comment peut-on devenir à ce point son propre contraire? Elle aurait pu revendiquer ce passé partisan, s'en inspirer pour élever James et rendre leur quotidien plus vivant.

Pendant qu'il prend son café sur la terrasse, pendant qu'il pédale sur la piste des dunes vers le phare de la Coubre, il se surprend à fantasmer une mère complice et libérée. À rêver d'une Solange tout sourire, prenant son petit James par la main pour l'inviter dans une vie de bohème et de convictions. À réinventer une version «nouvelle saveur améliorée» de son enfance.

Tes devoirs attendront, James. Ce soir, on fait l'école de la vie: on va camper dans le jardin... James, je vais me présenter à la mairie de Malcourt... Ça te dirait de passer l'été avec moi en Haute-Volta? Une association cherche une prof de français... Tu veux devenir photographe? C'est fantastique, James... Ma copine et moi, nous voudrions venir te voir à San Francisco... James, j'ai lu l'article du Times *sur ton expo, quel triomphe!*

Sur la plage, ce que Claude a déposé dans son esprit, ce n'est pas juste un pan du passé de Solange ou une révélation amoureuse singulière. C'est la possibilité d'un être sensible et ouvert, d'une femme admirable et admirée... exactement comme le notaire la lui a décrite. James a beau se réfugier derrière ses propres souvenirs, la conviction des amis de sa mère commence à ébranler ses certitudes.

Pour ne pas rester seul avec ses questions, il a pris l'habitude d'aller manger au Cordouan. Paulo est une vraie commère qui l'accueille toujours en hurlant «le Berlinois!», bien que James ait déjà tenté de rectifier cette méprise. Le patron raconte toutes les petites histoires de Saint-Palais au fur et à mesure que les habitants défilent pour une raie au beurre noir ou une joue de lotte confite à l'huile d'olive. James a sa place au comptoir, il écoute et se régale, souvent rejoint au café par les habitués, les serveurs ou le personnel de cuisine. Il raconte alors les côtes du Pacifique aux amoureux de la mer et les coteaux de la Nappa Valley aux amateurs de vin.

— Tiens, monsieur James Becker! Comment se passent les vacances?

Cette fois, c'est la sémillante Gisèle qui vient s'accouder au bar avec lui pour l'apéro. Elle porte une robe rose légère, trop courte pour en dire long, avec un décolleté plongeant sur un bronzage sans marque.

— Très bien, merci encore pour votre coup de main. Et quelle vue!

— Ça pour la vue, t'es aux premières loges, le Berlinois, ajoute Paulo en faisant un clin d'œil appuyé.

— Vous êtes bêtes, les mecs! Paulo, sers-moi donc une coupe au lieu de te rincer l'œil, plaisante Gisèle que la concupiscence du restaurateur ne gêne pas outre mesure. Ne vous en faites pas, James, c'est un vieux copain. Alors, il est beau ce studio tout repeint? Ça fait une éternité que je n'y suis pas montée, faudra que vous me fassiez visiter, ajoute-t-elle en posant sa main sur le bras de James.

L'approche est directe, l'invitation sans équivoque. Le temps qu'il réfléchisse à une esquive sinon chevaleresque, du moins digne, Paulo a déjà sorti l'artillerie lourde.

— Eh ben, t'as pas perdu de temps le Berlinois! Vous dînez ici, les tourtereaux?

— Excellente idée, réplique Gisèle. On va se partager un plateau de fruits de mer. Installe-nous à une table près des fenêtres.

Et avant d'avoir pu finir son verre, James se retrouve en tête-à-tête avec cette femme séduisante et très entreprenante. Elle l'entreprend d'ailleurs avec énergie sur sa vie à San Francisco, son boulot, les raisons de son séjour à Saint-Palais. Lui esquive les questions du mieux qu'il peut, reste général ou évasif, évoque Claire dans une phrase sur deux, l'invite à parler de sa vie à elle, par courtoisie, mais surtout pour bénéficier d'un peu de répit dans ce flirt lancé à grande vitesse. Entre la deuxième bouteille de rosé et l'entrain de Gisèle, il a l'impression de perdre le contrôle de la soirée. En d'autres circonstances, il en aurait ronronné de plaisir. Mais il vient d'apprendre que sa mère était une femme autre, et cela le travaille.

— Figurez-vous que je ne me suis jamais mariée. Je préfère de bons amants de passage à un mauvais mari à demeure. C'est sûr que l'hiver ici, c'est un peu tristounet. Tout est fermé, il n'y a pas un chat, on cherche une corde pour se pendre, mais... Ça va, James? Si je vous fais suer avec mes histoires, dites-le-moi tout de suite! Houhou, vous êtes là?

James n'est effectivement plus tout à fait présent. Ses yeux fixent quelque chose en arrière-plan, à l'entrée du restaurant. Gisèle se retourne pour voir l'objet de tant de curiosité qui lui a volé son prospect.

— C'est Claude, dit-elle, soulagée.

De la main, elle fait de grands signes à la nouvelle venue, qui lui sourit sans pour autant se décider à traverser la salle pour aller la saluer. Mais Gisèle insiste et commence les présentations.

— Je vous présente Claude, la fondatrice du club de lecture de Saint-Palais. En hiver, c'est elle qui nous sauve de la déprime! Claude, voici...

— Bonsoir James, coupe cette dernière.

— Ah, vous vous connaissez? bafouille Gisèle, surprise et un peu vexée.

— Une vieille histoire, répond Claude, mal à l'aise. Tu tombes bien, Gisèle, j'allais t'appeler. Je pars demain pour un petit voyage, tu pourras venir jeter un œil sur la maison de temps en temps?

— Oui, bien sûr, j'ai toujours tes clés sur moi. Tu vas où, ma chérie?

— Oh, je ne sais pas encore, là où mes pas me mèneront... J'ai besoin de changer d'air, on dirait. Bon, je vous laisse. Bonne soirée.

Il y a dans son «bonne soirée» un zeste de malice, une intonation malhabilement surjouée, une syllabe qui s'étire en sous-entendu.

— Vous partez? lance James. Joignez-vous à nous.

— C'est gentil, mais je dois faire mes bagages. Je vais juste manger un morceau au comptoir.

— Un café alors, insiste-t-il, un café demain, avant votre départ?

Claude répond en s'éloignant, sans même le regarder.

— Si vous voulez... Passez vers dix heures.

Et elle s'évapore sans attendre de confirmation, quitte le restaurant, oubliant qu'elle est venue manger.

— Alors comme ça, vous faites dans les cougars! ironise Gisèle. C'est vrai qu'elle est pas mal pour son âge... Mais franchement, elle pourrait être votre mère!

James entend sa déception, et un indéniable relent de jalousie: Gisèle a compris que ce n'est pas ce soir qu'elle contemplerait la vue depuis la terrasse du studio.

— Excusez-moi, je dois appeler San Francisco. Avec le décalage horaire, c'est le seul moment où je peux le faire. Je vais y aller.

— Je vois... Allez-y, allez faire vos appels, je vais rester encore un peu avec Paulo. À plus tard, peut-être, pour un dernier verre.

— L'addition est pour moi. Bonne nuit.

Une fois arrivé au studio, il n'allume pas la lumière et se rend directement sur la terrasse. Le bruit du ressac le calme et le rassure. Claude allait-elle vraiment partir comme ça, sans le prévenir, sans le revoir?

Des vacanciers se promènent sur le chemin aménagé le long de la plage, des rires fusent ici et là, les ondes d'une chanson populaire résonnent sur l'océan, c'est l'été et tout le monde est heureux. Tout le monde sauf lui et un bambin qui hurle «Maman!» à chaudes larmes, juste en dessous. Il n'est pas seul à chercher sa mère, cela le fait marrer.

Il a très envie d'un «dernier verre», comme dirait Gisèle, formule éculée du code français de la séduction. En ouvrant la bouteille de Pineau des Charentes qu'il a achetée à un petit producteur au marché — après y avoir goûté, à onze heures du matin, à jeun —, il s'entaille le pouce. «Mais quelle merde, ce tire-bouchon!» La blessure a beau être légère, le sang goutte sur le comptoir, puis par terre, laissant une trace jusqu'à la salle de bains. Dans les films, c'est toujours à cet instant précis que le téléphone sonne, quand les mains du héros sont occupées, sales, boueuses, farineuses. Mais cela arrive aussi parfois dans la réalité, comme en ce moment, où James entend sonner son cellulaire alors qu'il a un pouce grossièrement bandé de papier-toilette, le reste de la main toute collante. Il se précipite, bien entendu. Dans sa hâte, il marche dans les gouttes de sang qu'il a laissées dans le couloir, les étale en taches disloquées, transformant son studio avec vue sur mer en une parfaite scène de crime.

— Mais qu'est-ce que tu fous? lui sert Alison d'entrée de jeu, comme si elle avait assisté à toute la scène.

— Comment ça, qu'est-ce que je fous? Je saigne! répond James.

Il essaye de coincer son téléphone sur son épaule le temps de trouver quelque chose pour fixer l'ersatz de pansement.

— Ici aussi, ça pisse le sang. Et tu sais qui est le coupable? Ton crayon rouge!

— C'est quoi cette histoire?

— Je t'ai envoyé des articles, tu iras voir... Tu te souviens de ce qu'est Internet? T'as pas tout oublié dans ton Trou-sur-Mer?

— Message reçu, Alison, je vais rentrer bientôt.

— Bientôt quand? Bientôt demain ou bientôt dans dix jours? Parce que de mon côté, c'est bientôt t'es viré. Bordel, je me casse le cul pour te dégoter des contrats en or, artistiques, tout comme tu veux, mais non, ma dinde de starlette part faire l'étoile de mer au bout du monde.

— Calme-toi, Alison, c'est juste un détour de quelques jours.

James a haussé le ton, et c'est assez inhabituel pour qu'Alison fasse marche arrière.

— Quatre jours sans nouvelles, ça compte double. Est-ce qu'au moins l'air marin te libère les bronches?

— Les bronches, peut-être, mais pas le reste. Mais c'est quoi la panique aujourd'hui?

— Les paniques, au pluriel. Alors, panique numéro un, des pro-vie de Nashville s'approprient ton stylo et le présentent dans leurs pubs comme l'arme du crime. L'avocat dit qu'on devrait poursuivre, il attend juste ton *go*... Lis mon message et rappelle-moi illico. Illico, ça veut dire rapido presto, compris? Panique numéro deux, le *Time* veut te confier la page couverture pour les trente ans de Tian'anmen. C'est juste l'an prochain, mais le shooting aurait lieu bientôt, incognito, à Beijing. Ils veulent te rencontrer au plus vite. Panique numéro trois: ta petite Claire joue le messie et la multiplication des pains avec les guides That Red Pen. Tu lui as parlé? Non bien sûr. Je la laisse te l'annoncer, mais il faudrait que tu rentres vite. Je répète, au cas où c'est pas clair: tu dois rentrer. Panique numéro quatre: désolée de jouer les rabat-joie, mais tu as un repérage vendredi pour les photos du 11 septembre. Ding ding ding... ça te revient? Et le pont de Montréal, je fais quoi? On annule?

— Non, pas Montréal, je ne veux pas annuler, je serai rentré, je te jure. Pour New York par contre, ça va être serré... Dis-leur que j'ai déjà fait les repérages la dernière fois que j'y suis allé.

— Autrement dit, je mens pour te couvrir. Encore une fois. Écoute mon poulet, les photos de plage et les paysages marins n'amusent plus personne. Et surtout pas ceux qui travaillent pour toi. Chez l'éditeur, on commence à grincer des dents. Ils ont l'impression que tu te moques d'eux. Claire doit t'aimer beaucoup pour te défendre à ce point.

— Je crois surtout que les guides leur font gagner beaucoup d'argent... À toi aussi d'ailleurs, non?

— Fais pas l'artiste blasé face au pognon. Toi aussi t'es plein aux as avec ce filon. N'empêche, y a quand même plein de gens que ton absence fait royalement suer. Des gens qui appellent ici, qui me questionnent, qui me pressent, qui...

— ... qui doutent encore de moi, c'est ça? T'as beau être au sommet de ta gloire, t'as beau avoir fait tes preuves, il n'y a rien à faire, il y a toujours un saint Thomas qui te soupçonne d'incompétence ou d'imposture.

— Confonds pas tout, mon lapin. Que tu le veuilles ou non, t'es devenu une personnalité publique et tout ce que tu caches est suspect. Même pour moi. James, déconne pas, dis-moi quand tu reviens. Allez, je te laisse, et appelle Claire, OK?

Il s'exécute dans la foulée, mais tombe sur la boîte vocale. Quinze secondes après, Claire lui envoie un texto: «En réunion (interminable), désolée. Scoop: Denver, Washington DC, Seattle + Toronto + Londres veulent un guide! Je t'aime, c'est long sans toi.» Il répond: «C'est long de savoir d'où on vient. Serai de retour bientôt, avec du sable dans les cheveux.» Chacun exprime ses sentiments comme il le peut.

Il réalise qu'avec tout ça, il ne s'est pas servi de pineau. Il s'arme du tire-bouchon coupable, s'attaque à la bouteille à moitié ouverte sur le comptoir et s'installe — enfin! — avec un verre et son ordinateur sur la terrasse. Iris a l'air connectée sur Skype, il essaye de la joindre.

— Jaaaames! C'est dingue, je pensais à toi.

L'image est un peu saccadée, mais entendre sa voix lui fait un bien fou. Cette femme a la même énergie que la mer, chacune de ses paroles fouette comme une vague joueuse qui enrobe et réchauffe. Il lui montre son verre de pineau, elle lève sa tasse de thé. À neuf fuseaux horaires d'intervalle, ils trinquent et se reconnectent instantanément, comme s'ils s'étaient vus la veille.

— Tu as l'air très en forme. Très en beauté aussi. Et c'est quoi cet air espiègle? Tu ne serais pas un peu avec un mec en ce moment? lui demande James.

— Un peu... beaucoup... passionnément même.

— Pas le flic qui fait un retour en fanfare?

— T'es fou! J'en ai marre des plans compliqués, j'ai soudain eu envie de simplicité.

— Tu es amoureuse!

— Totalement. Gentil, sensible, cultivé, charmeur et, tiens-toi prêt, disponible!!

Et Iris de raconter en détail sa rencontre fortuite — si l'on considère qu'une application est une forme de hasard — avec un homme d'un peu plus de cinquante ans aux yeux noisette, aux cheveux poivre et sel et aux bras costauds dans lesquels elle passe la plupart de ses nuits.

— Il est séparé depuis un an, père de deux enfants, gourmand comme pas deux, follement épris de moi et bien décidé à me sortir de ma tanière de vieille fille aussi sexuée qu'une bonne sœur ménopausée. James, ne te fiche pas de moi, mais je crois que c'est lui que j'ai attendu toute ma vie.

— Et il est juif?

— Non, mais comme c'est l'homme idéal, je lui pardonne. C'est dingue, James, tu te rends compte, je suis heureuse. Et crois-moi, c'était pas gagné au début. Le soir de notre première *date*, en vrai, je veux dire en personne, on s'est tellement engueulés.

— À quel sujet?

— Tu vas rire! À propos de toi... On parlait des applis de rencontre et puis ça a dérapé vers les médias sociaux. Il m'a fait une sortie contre la notoriété de pacotille et s'est mis à te citer en exemple. Le pauvre, il est mal tombé, je ne lui ai pas laissé le temps de finir sa phrase.

— Et ça ne l'a pas terrorisé?

— Au contraire, le débat nous a évité de tomber dans les banalités et la revue de nos ex. On a parlé toute la nuit et aucun de nous n'a eu à se demander s'il était raisonnable de coucher le premier soir. Et toi, comment ça se passe?

— On s'est bien plantés avec PseudoSurMer... c'est une femme, une grand-mère!

— Quoi?

— Une ancienne élève de ma mère, et accessoirement sa maîtresse, si j'ai bien compris.

— Tu plaisantes! Raconte.

Ce que James fait, avec moult détails.

— C'est comme s'il y avait eu deux Solange. La prof, affranchie et subversive. Et la mère, sévère et castratrice. Soit elle était complètement schizo, soit c'est ma naissance qui l'a refroidie.

— Dis pas des choses comme ça, James, tu te fais du mal pour rien. C'est peut-être plus son aventure avec cette Claude qui l'a changée, tu ne crois pas? Elle a tenté l'expérience de la libération des mœurs et s'est brûlé les ailes. C'est tellement triste. Tristement banal, en fait.

Sur son écran, Iris voit James tourner la tête vers l'intérieur du studio.

— Attends, quelqu'un frappe à ma porte, je vais voir qui c'est, lui dit-il.

Il traverse le salon, ouvre la porte d'entrée et parle avec une ombre qui s'agite. Une voix de femme, un peu hystérique, et des bribes de phrases parviennent aux oreilles d'Iris : « Du sang... vous êtes blessé... Je vais vous soigner... laissez-moi rentrer... » Elle n'entend pas ce que James répond, mais elle le distingue qui barre le passage avec son bras et repousse la visiteuse avant de claquer la porte.

— Dis donc, c'est chaud à Saint-Palais! ironise-t-elle lorsqu'il reprend sa place face à la caméra.

— Va pas t'imaginer des trucs.

— Pas besoin d'imaginer, les faits parlent d'eux-mêmes, monsieur Red Pen. Heureusement que c'est pas Claire qui a assisté à ça. C'est qui cette fille?

— La préposée de l'office de tourisme qui m'a trouvé l'appart. Elle est gentille, mais ce soir, elle s'est mise en tête de me draguer. Lourdement. En plus, elle est complètement soûle.

— Il s'est passé un truc entre vous?

— Mais pas du tout... Enfin, Iris, tu me connais.

— Justement! Mais non, je déconne, je m'en fous de ce que tu fais de tes nuits. Et finalement, cette Claude t'a raconté ce qui s'était passé après, je veux dire, après leur petite sauterie au théâtre?

— Non, je n'en sais pas plus. C'est comme si elle esquivait toutes mes questions, une vraie anguille. En plus, elle se barre demain en voyage. C'est quand même incroyable. Cette femme joue au chat et à la souris avec moi pendant des mois et le jour où elle me voit, elle décide de partir.

— Elle voudrait te cacher quelque chose qu'elle ne s'y prendrait pas autrement. Essaye de la cuisiner un peu demain. Faut que tu trouves une brèche dans sa carapace. Sinon, elle va encore te glisser entre les doigts.

Le pineau réchauffe la gorge de James, mais aussi son esprit, qui carbure déjà à mille à l'heure. Quoi qu'en dise Iris, il trouve peu probable qu'une erreur professionnelle, aussi majeure soit-elle, puisse changer une personne à ce point. Que cela ait incité Solange à mener une existence plus sage et plus conformiste, passe encore. Mais cela ne saurait expliquer cette froideur à l'égard de son fils. Et puis il y a cette petite phrase, lorsque Laura a parlé de James comme d'un nouvel oncle. Cela a paru perturber Claude, comme si la gamine venait de faire une gaffe. «Il y a un truc qui cloche», se dit-il en enfilant ses baskets.

Pour se calmer avant de se coucher, il descend sur la plage et marche jusqu'au rivage. Au bruit plus agressif des vagues, il devine que la marée remonte. Petit à petit, inéluctablement, la mer s'apprête à effacer à nouveau les traces de l'homme sur le sable.

19

Saint-Palais-sur-Mer

C'est le vent qui réveille James aux aurores. Un vent qui souffle par grandes bourrasques et s'époumone dans les pins le long de la baie. Un vent qui siffle entre les maisons, se heurte aux volets et frappe les murs avec violence. Un vent qui fait moutonner la mer et chanter les drisses des voiliers.

Pendant que le café se la coule douce dans la machine, James consulte ses messages. Alison lui a envoyé des confirmations de rendez-vous, des convocations, des invitations à des réunions de préproduction, notamment pour la photo de Tian'anmen. Elle le considère déjà comme rentré. Mais dans son agenda à lui, seule la case horaire de dix heures ce matin compte. Le reste, l'avenir, les shootings, les voyages, la notoriété, et même son crayon rouge, tout cela n'existe pas vraiment.

Claire aussi lui a écrit. Ils n'ont pas réussi à se parler la veille.

« James mon chéri, je suis sortie trop tard de ma rencontre pour pouvoir te rappeler. Tu devais dormir comme un bébé, dans cet appart au bord de l'eau que tu sembles adorer. Alison m'appelle toutes les heures, mes patrons veulent faire de ton crayon rouge une franchise à part entière, je reçois au moins deux demandes par jour pour de nouveaux guides ou des réimpressions... Finalement, toute ma vie professionnelle tourne autour de toi. Mais l'objet principal de ma passion n'est pas ce que tu fais : c'est ce que tu es, ou plutôt qui tu es.

Je repense à notre voyage à Berlin et je me dis que tous les jours du reste de ma vie pourraient être comme ceux-là. J'aimerais pouvoir me réveiller à tes côtés demain, et après-demain, et après-après-demain. Je sais que les "toujours" te font peur. Moi, je les trouve terriblement sexy.

Quand j'étais petite, je regardais souvent ma mère se maquiller. Je la trouvais belle et je lui disais que je voulais être comme elle. Elle me répondait : "Surtout pas ! Sois belle à ta façon." C'est quand j'ai compris ce qu'elle entendait par là que j'ai commencé à lui ressembler. J'avais cinq ans, elle venait de décéder. Comme si la mort avait réveillé mon héritage génétique. Aujourd'hui, je me sens coupable de ne plus pouvoir me souvenir de son visage.

Tout le monde te voudrait de retour, vite. Moi je te dis de prendre le temps qu'il faut. On ne peut construire notre existence sur des bribes que notre mémoire a choisi de conserver de façon aléatoire. Parfois, il faut des faits, des images, des certitudes.

Parlant de certitude, je t'aime.

Claire»

Il relit le message, boit son café, se douche rapidement, relit le message, enfile un jeans, range la bouteille de pineau qui traîne encore sur le comptoir, relit le message, se change pour quelque chose de plus formel, déplie une chemise, puis une autre, enlève tout et répond à Claire, en caleçon. «Qui serais-je si j'avais eu ta mère à la place de la mienne? Peut-être serais-je capable de te dire que je t'aime.» Elle lui manque soudain cruellement, mais il doit se mettre en route, Claude l'attend.

Lorsqu'il arrive devant la maison de la Grande Côte, les volets sont fermés et les meubles de jardin empilés dans un coin. Il appuie sur le bouton de la sonnette, attend en regardant la porte d'entrée inerte, récidive. Il tente d'ouvrir le portail mais il est verrouillé. «La garce! lâche-t-il. Je me suis fait baiser comme un débutant.» Il frappe le muret du pied, une fois pour son erreur de jugement, une autre fois pour sa déception. Il sonne à nouveau, pour faire quelque chose, pour réveiller le destin, pour implorer les cieux ou les dieux, on ne sait jamais. Il leur donne dix minutes pour s'activer.

Un couple de vacanciers emmitouflés passe sur le trottoir et dévisage cet homme qui s'énerve tout seul. Leur regard est suspicieux, James le reçoit comme accusateur. Pour éviter d'éveiller davantage les soupçons, il traverse la rue et se poste en face de la maison, sur le bord de la falaise. S'il fumait, il allumerait une cigarette pour se donner de la contenance. En lieu et place, il sort son téléphone et consulte Instagram. Le cellulaire est devenu la clope du 21e siècle.

Des vagues de cœurs, des messages privés provenant de Berlin, Hong Kong, Buenos Aires, mais rien de Claude. Pas une explication, pas une excuse, même mauvaise. À l'heure qu'il est, elle doit être en train de s'empiffrer d'un kouign-amann dans un gîte de Bretagne ou d'un cannoli sur une terrasse de Naples. James la maudit en égrainant les insultes les plus crasses de son grimoire blasphématoire.

Poussées par les rafales de vent, les vagues gonflées de fougue et d'ivresse se ruent sur les rochers en contrebas. Comme des taureaux excités par la muleta, elles grognent et rugissent avant de se lancer vers le choc fatal dans lequel la terre et l'eau s'épuisent depuis des millions d'années. Dans ce duel, il n'y a pas de vainqueur — du moins, pas encore —, pas de perdant, juste le sourd fracas de l'onde qui se brise, le gémissement de la pierre qui tend le dos et le murmure des larmes salées qui rejaillissent alentour.

James commence à écrire à Claude un message en privé. «J'aurais dû me douter que...» Douter que quoi? Il efface et recommence. «Je suis chez vous, mais pas vous. Ai-je mal compris l'heure du rendez-vous?» Trop passif, elle mérite une petite giclée d'acide. «Alors c'est tout? Je me sens trahi.» Pour le coup, c'est un peu raide. L'acide n'est pas obligé d'être chlorhydrique. Et si jamais elle avait eu un vrai empêchement? Elle l'aurait avisé, elle sait où il demeure. «Ma mère et vous avez plein de choses en commun. À commencer par la fuite.» Pas mal ça. Il se relit quand un coup de klaxon le fait sursauter. Un break Peugeot noir se stationne à la va-vite devant le portail, Claude en sort avec un chapelet de petits sacs.

— Ça fait longtemps que vous attendez? Je faisais des commissions de dernière minute. Venez, rentrons.

«Vieille chipie, pense James. Ça fait quinze minutes que je poireaute. Tu sais très bien tout ce qui m'est passé par la tête.» Il la soupçonne de cacher son jeu derrière l'irréprochable candeur d'une grand-mère gâteau.

Elle le précède et allume les lumières. La maison est si sombre, comme si l'été en avait été banni. Ça sent le propre, le rangement et le départ. Rien ne traîne, sauf des livres sur la table de la salle à manger et un sac de voyage près de l'entrée.

— Où allez-vous finalement?

— Un pèlerinage personnel, répond Claude en vidant ses paquets de batteries, de médicaments, de fruits secs.

Une fois encore, elle se dérobe. Si Iris était là, elle donnerait un coup de coude à James pour qu'il lui rentre dedans.

— Un peu de thé? demande-t-elle en se dirigeant vers la cuisine.

— Volontiers... avec un nuage de vérité. L'autre jour, vous m'avez demandé ce que je cherchais. Sans doute la même chose que ce que vous fuyez, Claude. Vous lancez des indices et hop, vous disparaissez. Votre petite-fille fait un lapsus et hop, vous disparaissez. Vous m'accordez vingt minutes aujourd'hui et vous disparaissez à nouveau, pour un... *pèlerinage*! Combien de temps encore va durer ce petit jeu?

Il observe sa réaction depuis le pas de la porte. Ou plutôt son absence de réaction. Elle verse de l'eau dans la bouilloire, allume la cuisinière, sort deux tasses et deux sachets de thé, accomplissant chaque geste avec une infinie lenteur et une méticulosité maniaque.

— Je n'ai plus de lait, vous devrez vous contenter d'un thé nature.

— Et de vos cachotteries! Depuis que vous m'avez raconté votre histoire, une question me taraude. Répondez-y et je m'en irai, je vous laisserai tranquille. Vous qui avez connu ma mère si intimement, vous pouvez sûrement m'aider à comprendre.

— C'était il y a si longtemps. Je doute que...

— Est-ce que c'est ma naissance qui l'a changée en mère banquise?

Il n'y a pas d'hésitation dans sa voix, pas de velours ni d'empathie. Juste de la hardiesse et une détermination tranchante. Claude se mord les lèvres et fixe les deux tasses vides devant elle, les mains accrochées à la table de la cuisine. James voit ses doigts se crisper sur le bois et ses yeux se fermer. La bouilloire siffle, mais personne ne l'entend.

Claude quitte la cuisine sans un mot, frôle James et se dirige vers le buffet de la salle à manger. Elle en sort deux verres à liqueur et une bouteille de pineau. Elle la débouche et verse une grande rasade d'alcool doré dans chaque verre. Sa main tremble et la bouteille tinte sur le bord des verres. Elle en tend un à James.

— Tiens, tu vas en avoir besoin.

Elle vide le sien d'un trait et s'assoit sur le canapé du salon. Pour la première fois depuis le début de la matinée, elle a regardé James dans les yeux. Pour la première fois depuis qu'ils se sont rencontrés, elle l'a tutoyé.

— Du thé, et maintenant du pineau! Qu'est-ce que vous essayez de me faire avaler, Claude? Il y a trois jours, quand je vous ai demandé si vous aviez revu ma mère, vous m'avez presque claqué la porte au nez. Là, il n'y a plus de porte entre nous. Vous vous êtes revues, n'est-ce pas?

— C'est une longue histoire... Ma retraite dans la ferme de mon oncle a duré près de sept mois. Mes parents avaient demandé que je sois traitée à la dure. Au début, mon oncle les a pris au mot. J'étais de corvée dès l'aube, logée dans un appentis transformé à la hâte en chambrette. Mais cela m'était égal. J'avais l'impression de remonter le temps et de vivre dans un roman de Victor Hugo. Six jours sur sept, mon oncle me réquisitionnait dans l'étable le matin, et ma tante dans la cuisine l'après-midi. Ils n'étaient pas méchants, juste bourrus. Ils ont vite saisi que je n'étais pas la délinquante qu'on leur avait décrite. Ils ont peu à peu lâché la bride. Pas sur le travail, ça non, là-dessus ils étaient intraitables. Mais sur le reste, ils ont fait ce qu'ils ont pu pour que mon exil ne soit pas un enfer. J'accompagnais ma tante au village quand elle allait faire des courses, je pouvais aller me promener sur les chemins enneigés et même jouer aux cartes, le soir, avec les garçons de ferme. C'est là que j'ai rencontré

Étienne. Un vrai héros de cinéma. Un corps sculpté à coups de bêche, une tignasse de fauve, un regard noir de timidité, et surtout, une délicatesse touchante pour un gaillard de ce gabarit. Nos regards ont dû se croiser dans l'étable... et il arriva ce qui devait arriver. Je suis tombée enceinte.

— Vous plaisantez? C'est la même histoire que ma mère! La ferme, le palefrenier, la grossesse surprise... J'ai déjà entendu ça quand j'étais petit. C'était la mode en France, aller se faire déflorer à la campagne?

— Chut! Laisse-moi parler.

Elle tient son verre entre ses mains, sur ses genoux, comme un objet de piété, caresse les motifs du cristal avec les ongles.

— Je ne me suis pas aperçue tout de suite de mon état. C'est ma tante qui s'en est doutée parce que j'avais des nausées. Elle m'a dit qu'il ne fallait pas en faire une maladie, que je n'étais pas la première à qui ça arrivait, que si j'étais sa fille, ça serait réglé en deux jours, loin des hommes et des curés, qu'elle haïssait. Mais je n'étais pas sa fille. Elle s'est sentie obligée d'avertir son mari, qui a prévenu mon père. Il a débarqué le dimanche suivant. C'est ce jour-là que ma grossesse est devenue un drame. Mon père a commencé par se disputer avec son frère, qui avait échoué dans sa mission. Il s'en est ensuite pris à moi. Il m'a traitée de traînée. Puis il a sorti une liasse de billets, me l'a jetée au visage et a exigé que je règle le problème avant de revenir à Paris. Ce soir-là, ma tante m'a parlé des faiseuses d'anges. Je lui ai demandé si ça faisait mal. Elle n'a pas répondu.

— Vous avez avorté?! Décidément, c'est dans mon karma en ce moment. J'aide une association pro-choix dans un État du Sud. Ça ne devait pas être plus légal ici à cette époque qu'aux *States* aujourd'hui.

— Mais tu veux bien te taire deux minutes! s'énerve Claude en haussant la voix. C'est assez difficile comme ça, arrête de faire les sous-titres. On s'en fiche que l'avortement ait été autorisé ou non... Non on ne s'en fiche pas, ce n'est pas ce que je veux dire, mais ce n'était pas le problème à ce moment-là pour moi.

— Alors c'était quoi le problème, Claude? Je vous ai posé deux questions et vous me répondez avec un roman-fleuve en douze volumes.

— Le problème... c'est que je n'avais personne à qui parler. À part Solange. C'était la seule personne proche que j'avais. Elle m'avait comprise une fois. Elle pourrait peut-être m'écouter à nouveau. J'avais besoin d'elle. Alors le lendemain aux aurores, avec l'argent de mon père, j'ai pris le premier bus pour Paris. Lorsque Solange a ouvert la porte, nous avons toutes les deux fondu en larmes. Tu nous aurais vues! Sa chambre de bonne était un vrai sauna, mais je m'y suis sentie en sécurité, immédiatement. Nous avons passé la journée à parler, elle de sa culpabilité, moi de mes déboires. Lorsque la nuit est tombée, elle a sorti les affaires de mon sac et les a posées à côté des siennes, dans la commode. J'avais trouvé un refuge.

Sa mère est entrée en scène. James se calme, fait silence en lui et s'assoit sur le sofa, à côté de Claude mais un peu de travers, tourné vers elle. Il ne veut pas juste l'entendre, il veut la voir parler, peut-être pour s'assurer qu'elle ne feint pas, ne ment pas et ne se joue pas de lui, une fois de plus.

— Solange a été la première personne à me demander ce que je voulais vraiment. Elle a aussi évoqué la pénible existence des filles-mères — on était en 1970, ça rigolait dans les rues, mais dans les foyers, ça filait droit. Elle revenait toujours à moi et à mes états d'âme. La décision me revenait. Nous nous promenions dans Paris, discutions, vivions sur ses économies et sur l'argent de mon père. Nous passions des journées entières à lire, allongées sur l'esplanade des Invalides, j'avais retrouvé le sourire et mes esprits. Et puis un matin, je me suis levée d'un bond et j'ai annoncé à Solange que je gardais le bébé. Comme ça, de but en blanc. C'était devenu très clair dans ma tête. En fait, ça l'avait toujours été, mais là, j'avais trouvé la force d'assumer mon choix. Et surtout, j'avais la liberté de l'affirmer, face à quelqu'un qui ne me jugeait pas. Elle n'a exprimé ni désapprobation ni joie particulière, d'ailleurs. Elle a accueilli la nouvelle comme elle aurait accueilli un nouvel élève dans sa classe: avec retenue et professionnalisme. Elle m'a simplement dit qu'elle m'aiderait. Elle a tenu promesse.

James balaye la pièce des yeux, à la recherche de la photo de famille qu'il lui semble avoir aperçue en entrant. Il la retrouve sur la télé, à deux mètres, entre un petit panier en osier plein de télécommandes et une chaise bricolée en pinces à linge. Un joli couple avec deux jolis enfants, une famille heureuse, un cadre parfait. James plisse les yeux pour mieux voir.

— C'est ma fille et mes petits-enfants, dit Claude qui a vu l'attention de son interlocuteur glisser vers le cadre. Mais ce n'est pas d'elle qu'il s'agit... Solange et moi ne pouvions pas rester dans sa chambre de bonne, trop exiguë pour deux et insupportable de chaleur. Nous devions trouver un autre appartement. C'est moi qui ai suggéré de quitter Paris. Mon expérience rurale ne m'avait pas laissé de bons souvenirs, mais j'ai repensé à ma tante, à son bon sens, et je me berçais de l'illusion que nous serions mieux au vert. Quelques jours plus tard, Solange m'a annoncé qu'elle avait trouvé un poste dans l'est de la France. L'école d'un petit village cherchait une institutrice. Le Lycée Platon était tellement content de se débarrasser de cette prof aux méthodes douteuses qu'il allait faciliter son transfert. Elle m'a dit après coup qu'elle avait menti et prétexté une mère malade pour justifier sa mutation à quelques jours de la rentrée. C'était le premier d'une longue série de petits arrangements avec la vérité.

— Alors ça, je n'ai aucun mal à le croire! ne peut s'empêcher d'ironiser James.

— Malcourt, tu connais: des gens adorables mais terriblement curieux, un respect des traditions, mais aussi de l'entraide et un culte du secret. Ça, ça nous a bien aidées. Solange avait vu venir tout ça et on a loué une petite maison un peu à l'extérieur du village, assez isolée pour que nous puissions mener notre grossesse à terme le plus discrètement possible. Je dis *notre* grossesse parce que nous l'avons vécue ensemble. Elle travaillait à l'école, je restais à la maison. Je ne me cachais pas, mais je ne sortais pas beaucoup non plus, j'avais besoin d'être seule et de réfléchir à ce qui allait se passer après. Qu'est-ce que j'allais faire avec le bébé? Quelle vie aurait cet enfant? Où irions-nous? Depuis des semaines, Solange s'occupait de tout, y compris de notre réputation. Mais ensuite? Ces questions ont hanté mes derniers mois de grossesse. Pendant tout ce temps, je n'ai pas reparlé à mes parents, mais j'ai écrit à ma tante. Des petits mots ici et là pour m'excuser de ma fugue et la tenir au courant. Je savais très bien qu'elle appelait la droguerie pour diffuser les nouvelles. À ma grande surprise, elle m'a répondu, une fois, pour m'annoncer que les récoltes étaient mauvaises, qu'ils se séparaient de plusieurs employés et qu'Étienne était parti dans le Sud-Ouest. La bougresse, elle savait tout.

Le téléphone de Claude les fait revenir tous les deux dans le présent. Une sonnerie à l'ancienne, haut perchée dans les aigus, ça vous dézingue le mélodrame en moins de deux. James s'apprête à se lever pour aller chercher le cellulaire fautif, mais elle le retient fermement de la main.

— Laisse sonner. Où j'en étais? Ah oui, mes derniers mois de grossesse. Solange a dû sentir que j'étais angoissée et c'est devenu plus tendu entre nous. À peu près un mois avant l'accouchement, j'ai eu une grosse crise de larmes, et elle m'a proposé, comment dire... Un arrangement. Tu sais, James, ta mère s'est toujours sentie responsable de moi. Elle camouflait sa culpabilité derrière une extrême bienveillance à mon égard, derrière une complicité amicale et intellectuelle, mais cette culpabilité était là, à chaque instant, comme un éléphant dans la pièce. Elle n'arrivait pas à s'en défaire. Selon elle, c'était son erreur de jeune prof qui avait mené à mon exil et à mon état. Je crois qu'elle était prête à tout pour se racheter. Avoir renoncé à Paris et à une carrière n'était pas assez à ses yeux. Elle voulait en faire plus, toujours plus. Pour me permettre de reprendre ma vie où je l'avais laissée quelques mois plus tôt, pour me donner une chance d'avoir un avenir et d'être heureuse, elle a suggéré...

À cet instant, Claude ne peut réfréner un sanglot.

— ... Elle m'a proposé de garder le bébé après la naissance. De l'adopter et de l'élever, comme si c'était le sien.

— Vous voulez dire que..., s'étouffe James.

Il ne finit pas sa phrase, porte la main à sa bouche pour réprimer un cri, de bonheur ou de désarroi, il ne sait pas. Il se lève d'un bond, arpente la pièce pour laisser cette idée ridicule faire son chemin, ouvre la porte-fenêtre qui donne sur le jardin, il a besoin d'air, le vent l'embrasse, violemment. Baiser de Judas. Il revient vers Claude, il est debout, devant elle, devant cette grand-mère soudain toute ratatinée dans le canapé. Il essaye de dire quelque chose, mais trébuche sur les mots et les virgules:

— Mais alors... vous êtes...

— Ta mère. Je suis ta mère biologique et Solange ta mère d'adoption. Ensemble, nous étions ta maman.

— Mais comment avez-vous fait? Je veux dire, à la naissance?

Elle esquisse un infime sourire, amusée que James s'engouffre dans les détails. C'est sa façon à lui d'absorber le choc.

— Viens près de moi, tu veux, je n'ai pas tout à fait terminé.

Avant de prendre place à ses côtés, il se ressert un verre de pineau, lui en propose un d'un haussement de sourcil, mais elle décline.

— Sur le coup, la proposition de Solange m'a offusquée. C'était tellement brutal, tu ne peux pas imaginer. Je n'avais pas encore mis au monde cet enfant que déjà, elle me suggérait de m'en séparer. On s'est disputées ce jour-là, c'était la première fois depuis qu'on se connaissait. Dans les jours qui ont suivi, on s'évitait, je la maudissais en silence. Ce sont les premières contractions qui m'ont fait changer d'avis. Je souffrais, dans mon corps et dans ma tête, et je n'ai pas voulu te transmettre cette souffrance. Alors nous avons fait un pacte, elle et moi, comme deux gamines dans une cour d'école. Elle deviendrait mère pour que je puisse devenir femme.

Après, continue-t-elle, tout a été une question d'audace et de chance. Je suis allée accoucher dans une maternité à Verdun et je me suis fait passer pour elle: j'ai présenté ses papiers à elle pour me déclarer comme Solange Becker. Nos photos se ressemblaient, c'était jouable, comme dirait mon petit-fils. L'infirmière était âgée, pas le genre de qui on se moque. Solange s'était coupé les cheveux court pour ne plus se ressembler, mais ça n'a pas eu l'air de convaincre la vieille nurse. Elle restait là à nous scruter, avec la carte d'identité à la main, elle hésitait, elle nous jugeait, c'était intenable.

C'est toi qui nous as sorties du pétrin! Tu voulais venir au monde, et vite. En plein milieu du bureau d'accueil, j'ai perdu les eaux, les contractions se sont rapprochées, l'infirmière n'a pas eu d'autre choix que de reprendre son rôle médical. Elle m'a installée dans un fauteuil roulant et amenée en salle de travail où une autre infirmière a pris le relais. Avant de quitter la pièce, elle m'a caressé le ventre et a dit bien fort: «Une naissance, ça doit être joyeux. Ça va bien aller, madame Becker, ne vous en faites pas.» Elle m'avait appelée Becker! J'avais trop mal pour me lever et l'embrasser, mais je l'aurais bien fait. Solange, à côté de moi, jubilait. C'est comme ça que tu es né, James Becker, entouré de tes futures mères et avec la complicité d'une infirmière pas très regardante. Après ça, les formalités à la mairie ont été un jeu d'enfant. On apprend vite à mentir comme des pros, il suffit d'y mettre une émotion et deux ou trois détails réalistes. Pas plus, pas moins.

— Et combien de temps avez-vous été ma mère? Un jour, un mois? Quand m'avez-vous abandonné à Solange?

Claude s'attendait à cette salve, à ce mot projectile — *abandon* — en dormance dans le corps et le cœur de James depuis cinquante ans, à ce règlement de comptes mère-fils où tous les coups sont permis. Elle n'a pas l'intention de se battre, pas l'intention de se dérober non plus.

— Nous avions prévu que je parte après deux mois, que je ne revienne pas et que je ne prenne contact ni avec toi ni avec elle. C'était, selon elle, le seul moyen pour moi de refermer cette parenthèse et de pouvoir commencer une nouvelle vie.

— Ce sont ses termes à elle, n'est-ce pas? C'est elle qui les a imposés, ça lui ressemble.

— Elle les a suggérés et je les ai acceptés, James, en toute connaissance de cause. Le futur allait me montrer qu'elle avait raison. Si j'avais continué de la voir, de vous voir, je n'aurais jamais eu la volonté de repartir à zéro. Je me serais accrochée à ce passé, j'aurais été malheureuse et partagée durant toute mon existence. C'est dur, à tout juste dix-huit ans, de se dire que tout est déjà accompli. Tu as beau la critiquer, Solange était une grande humaniste qui connaissait le fonctionnement de l'âme. Et ses dysfonctionnements aussi. Je vous ai quittés deux mois plus tard, le temps de me remettre de l'accouchement et de te nourrir au sein un petit peu. Ce fut le moment le plus éprouvant de ma vie, et tu sais pourquoi? Parce que c'est moi qui en avais fait le choix. Solange se sacrifiait pour mon salut et pour sa propre rédemption. Tu avais une chance de vivre une existence digne et heureuse. Voilà ce qu'était le pacte.

Elle plonge dans le regard de James pour poursuivre.

— Je ne pouvais pas anticiper que Solange allait te faire porter le poids de sa faute. Qu'elle allait s'amender à travers toi, en t'imposant une morale stricte et une discipline inflexible. Qu'elle allait t'imposer son calvaire intérieur, sa culpabilité et sa punition. James, je ne pouvais pas savoir...

Pour camoufler sa honte, pour contenir sa peine, Claude porte les mains à son visage et se couvre les yeux.

— Je suis tellement désolée, James, tellement désolée. Il faut que tu saches que je ne t'ai jamais oublié, même si j'ai respecté notre arrangement avec Solange. C'est vrai, je n'ai jamais cherché à te retrouver, mais je savais que tu étais là, quelque part, je te rêvais heureux, tu étais le lien vivant entre nos existences dispersées, tu étais notre fils et j'ai toujours gardé une place pour toi ici, dans mon cœur.

James se sent comme une bombe à fragmentation qui explose au ralenti et catapulte dans la pièce des petits bouts de sa chair. Il est en train de faire des liens entre son histoire officielle et le récit de Claude. Son cerveau en surchauffe recoupe les informations et se précipite sur les conclusions pour éclairer les zones d'ombre et combler les trous de mémoire volontaires de Solange. Ses mains sont moites, il les frotte sur son pantalon, mais il faudrait qu'il éponge tout son corps qui sue à grosses gouttes. Ce passé qu'il a soigneusement évité toute sa vie, qu'il a maudit même, se révèle à lui plus complexe et plus impitoyable que jamais. Il voit le cercueil de Solange s'ouvrir comme une boîte de Pandore et laisser s'échapper les nauséabonds remugles de son ignorance et de ses jugements vis-à-vis de sa mère adoptive. Le récit de Claude n'en fait pas une sainte, loin de là. Mais il va quand même falloir qu'il relise sa vie. Depuis le début.

— Et votre petite-fille, l'autre jour..., bredouille-t-il. Est-ce que vous m'auriez raconté tout ça si elle n'avait pas gaffé ? Honnêtement, m'auriez-vous parlé ?

— En gaffant, Laura nous a rendu un grand service, à toi et à moi. Cela fait des mois que je suis prisonnière d'un dilemme infernal. Est-ce que le décès de Solange me libérait de notre pacte ou est-ce que je devais y rester fidèle éternellement ? Je n'arrivais pas à avancer, j'étais paralysée de peur et de remords. Te parler sur Instagram me paraissait déjà un acte de trahison. Et puis sur la plage, lorsque tu m'as raconté ton enfance, ta triste enfance, j'ai compris que c'était elle qui avait tout gâché et que notre arrangement était caduc. Surtout, je voulais que tu saches que pendant toutes ces années, quelqu'un t'a aimé chaque jour. Avec son innocence, Laura a forcé le destin et mis un coup de pied dans la termitière de nos silences. Elle nous a poussés, moi à parler, et toi à t'ouvrir à une nouvelle vérité.

— Ça veut dire que toute votre famille est au courant !

— Ma famille ! Ma famille ! C'est aussi la tienne désormais, il va falloir t'y faire. Mon mari a toujours su que tu existais. Il m'a épousée avec mon histoire et mon passif. Il a respecté mes choix. Mais je n'avais rien dit à ma fille. Elle m'aurait comprise, mais elle aurait cherché à te retrouver, et ça, c'était impossible. Les choses ont changé lorsque la photo de Solange avec le crayon rouge est parue dans le journal l'hiver passé. Cela a été un électrochoc, tu sais, j'ai eu du mal à m'en remettre. Ma fille s'est inquiétée et je n'ai pas eu envie d'inventer de nouveaux mensonges pour protéger mes anciens secrets. Tu avais une vie publique, et tôt ou tard les choses auraient éclaté au grand jour. J'avais déjà laissé filer un fils avec toutes mes embrouilles, je ne voulais pas perdre ma fille... alors je leur ai parlé, à elle, à son mari, à leurs enfants. Ils savent qui est Solange, ils savent que tu existes, ils savent que je vous ai aimés, de loin, comme j'ai aimé mon mari et comme je les aime. J'ai choisi de parler, d'être vraie. C'est ce que m'enseignait Solange au lycée. Voilà, tu sais tout. Cela ne va pas te rendre ton enfance. Mais cela apaisera peut-être ta colère, contre Solange, et contre toi-même.

— Et mon père?

— Étienne? Ah, Étienne! Tu as mes yeux, James, mais pour le reste, tu lui ressembles trait pour trait. Il était divinement beau, tu sais. À moins que ma tante le lui ait dit — ce dont je doute fort —, il n'a jamais su qu'il était père. Nous en avons beaucoup discuté avec Solange, mais la situation était déjà assez compliquée comme ça... Je ne savais rien de lui, même pas son nom de famille! Comme je te l'ai dit, la dernière fois que j'ai entendu parler de lui, il partait dans le Sud-Ouest. Mon oncle et ma tante n'avaient pas d'héritiers, la ferme a dû être vendue après leur mort... Les nouveaux propriétaires ont peut-être conservé les vieux registres, je te donnerai l'adresse si tu le souhaites.

James regarde le sac de voyage dans l'entrée.

— Vous allez vraiment partir, maintenant, me laisser seul avec cette histoire?

— James, je ne pars que quelques jours. Ça va te donner le temps d'apprivoiser ton nouveau passé. Est-ce que tu seras capable de me pardonner, de nous pardonner, à Solange et à moi? Je ne sais pas.

Si tu le décides, nous pourrons nous revoir, je te présenterai ta sœur et tes neveux. Laura est très impatiente de te connaître. En ce qui me concerne, pour le temps qu'il me reste à vivre, j'aimerais essayer d'être ta mère, mais une mère qui t'aime, pas une mère coupable.

Elle se lève, et ce n'est plus la même personne. Elle a retrouvé des couleurs et son entrain, ses mouvements gracieux et cette ironie dans la voix qui fait chanter ses phrases. Elle ramasse les verres, les passe sous l'eau, les essuie rapidement et les range dans le vaisselier.

— Tiens, emporte la bouteille... Mais pas de folie avec Gisèle, hein? plaisante-t-elle. Moi, j'ai une très longue route à faire. Tu dois t'en douter, je vais à Malcourt. Cela fait des mois que j'envisage ce voyage, il me faut à moi aussi faire mon deuil. Je voudrais revoir le village, l'école, la maison que nous habitions, si elle est encore debout. Solange ne te l'a jamais montrée, j'imagine. Je voudrais aussi aller sur sa tombe, lui parler, l'engueuler. Après... Après... On verra, hein? Je ne te brusque pas.

Elle prend l'un des livres qui traînent sur la table et le lui tend:

— C'est pour toi. Cet auteur a beaucoup compté pour Solange et moi, c'était notre idole. Il était complètement décalé par rapport à son époque, décalé dans le bon sens, avec des années-lumière d'avance. On s'en est beaucoup inspirées, conclut-elle en riant.

Il s'empare du livre jauni, et tout en observant sa nouvelle mère du coin de l'œil, il lit la page couverture à haute voix: «*Giovanni, mon ami*, James Baldwin».

Elle fait oui de la tête, s'approche et le prend dans ses bras.

— Mon James, notre James.

Lorsqu'ils se détachent, ils ont tous les deux les yeux mouillés, le souffle court et le cœur qui demande grâce. Elle lui caresse la joue avec la main.

— Bon, on la prend, cette photo de nous deux avec ton satané stylo rouge?

20

Malcourt-en-Meuse

Le choc est si brutal qu'elle pense vomir, s'évanouir, mourir, ou les trois à la fois. Elle gare la voiture comme elle le peut sur le bas-côté de la route départementale et ouvre grand sa portière. Une brise chaude chargée de pollen et de mouches s'engouffre violemment. À gauche, un champ de colza. À droite, un champ de colza. Et devant, droit devant, à dix mètres à peine, un panneau blanc cerné de rouge : Malcourt-en-Meuse. Comme une biche devant les phares d'un semi-remorque qui s'apprête à la frapper, Claude est hypnotisée par ces trois mots. Ils dansent, ricanent, la chahutent et la cognent. Elle veut sortir de la voiture, mais ses jambes refusent de lui obéir : elle est coincée dans la carlingue de sa mémoire. Alors elle pose le front sur le volant et laisse couler les années qui ont passé ici sans elle.

« Mais qu'est-ce que je fais là », balbutie-t-elle. Elle aimerait que James pose sa main sur son épaule, qu'il dise quelque chose, n'importe quoi. Mais il se tait, ouvre la portière, va se dégourdir les jambes, fait pipi à quelques pas, puis s'assoit en bordure du champ jaune, face à l'horizon qu'il contemple ou défie, elle n'est pas sûre.

Un coup de klaxon viril la sort de sa torpeur. C'est un agriculteur qui, du haut de son tracteur, lui demande si elle a besoin d'aide. Il est jeune, bâti comme un champion de lutte gréco-romaine et souriant dans son t-shirt noir aux manches retroussées. S'il n'y avait les tatouages sur le bras, il pourrait être une réincarnation d'Étienne. Sa spontanéité redonne vie à Claude. En un quart de seconde, elle rembobine tout son passé et revient dans l'instant présent.

— C'est gentil, ne vous en faites pas, juste la fatigue de la route. Ça va déjà beaucoup mieux. Le cimetière, c'est bien par là?

Oui, c'est bien par là, Claude, première à gauche après l'église. Tu le sais très bien. Tu connais ce village comme ta poche, et les morts ne sont pas du genre à déménager. Tu as juste besoin d'être rassurée avant d'aller secouer les puces à tes fantômes. Et il est beau mec en plus, même s'il pourrait être ton fils.

Son fils qui est là, si proche et si loin, qui s'est invité à ce pèlerinage, imposé même, à la dernière minute, qui a conduit la première partie du voyage, dormi la seconde, qui s'est réveillé juste après Reims pour plonger dans son téléphone. Son fils qui s'est tu tout du long ou presque, pas méchamment, mais activement, délibérément. Son fils qui, depuis ce matin et passé les effusions post-révélations, se cambre et résiste. Finalement, ce n'est peut-être pas tant pour absoudre le passé que pour amadouer l'avenir que Claude visite Malcourt.

— On peut s'arrêter à l'hôtel et prendre le temps de se rafraîchir, si vous préférez, lui dit-il en reprenant place sur le siège passager. Il est déjà tard. Le cimetière, ça peut attendre demain.

Elle démarre mais freine brusquement au bout de quelques mètres, un coup sec qui bloque les ceintures de sécurité et fait valser la tête de James vers le pare-brise. Par réflexe, il a mis sa main en avant pour se protéger du choc.

— *What the f...*

— James, arrête de me vouvoyer, c'est insupportable! Je comprends que tu sois secoué et que tu veuilles garder tes distances... Je ne te demande pas de m'aimer, juste de me tutoyer.

Elle n'attend pas sa réponse, enclenche la première vitesse, repart et ajoute, en faisant mine de se concentrer sur la route:

— Quand on est assez libre pour pisser devant une vieille dame, on peut lui dire «tu».

La tombe est un pavé de granit gris quelconque, sans stèle, sans fioritures et sans faux bouquet en porcelaine. Le modèle de base.

Claude s'approche, met ses lunettes et laisse échapper une exclamation qui oscille entre l'effroi et l'indignation. Une femme en train de fleurir son mari ou son père deux allées plus loin se retourne et la dévisage.

— Mon Dieu, Sol, qu'est-ce qu'ils t'ont fait!!

À ses pieds repose son ancienne professeure, sa complice, sa confidente... décorée d'une magnifique faute de conjugaison, gravée dans la pierre pour l'éternité.

CI-GÎS
SOLANGE BECKER

— James, tu as vu ça? Tu as vu l'épitaphe? Quelle bourde! Tu ne l'as pas fait corriger?

Au lieu de répondre, James met son poing fermé devant sa bouche et presse ses lèvres pour retenir le sourire de satisfaction — de victoire même — qui s'y dessine. Mais ses yeux le trahissent.

— Non! Ne me dis pas que c'est toi qui... James!!! La pauvre, elle doit se retourner dans sa tombe. Tu es un monstre! C'est... C'est...

Elle s'interrompt parce que quelque chose gronde en elle, une boule de sentiments confus et intenses. Elle se retient parce qu'elle ne sait pas ce qui va sortir, un geyser de larmes, une avalanche d'insultes, un élan de nostalgie, une pluie de reproches contre ce petit con beaucoup trop fier de son mauvais coup. Mais c'est trop tard, une brèche est ouverte et s'en échappe soudain un gloussement nerveux qui s'étire en un fou rire mouillé-salé.

Elle rit, elle tremble, elle se convulse, soutenue par un James hilare à son tour, qui sort son crayon rouge pour tenter de corriger la faute sur le marbre. Toute la tension de la journée, la gêne des aveux, les huit heures de trajet, sans paroles et sans musique, toute l'appréhension qui les harcèle l'un et l'autre depuis des mois, l'ombre de Malcourt et de ses spectres putrides, la peur panique de devoir faire face à une vérité qu'ils redoutent, tout cela se noie et se dissout dans cette crise de rire et de larmes qui fait frémir les géraniums du cimetière.

Pour la première fois depuis qu'elle a appris la mort de Solange, dans le carrelet de Saint-Palais, Claude se sent libérée.

— Tss-tss, c'est un cimetière ici, pas une salle des fêtes, les rappelle à l'ordre la veuve pas joyeuse d'à côté.

Elle s'empare de son arrosoir, persifle encore un peu et tourne les talons. Claude et James écoutent le crissement de ses pas s'éloigner sur le gravier.

— Peux-tu me laisser seule un moment? demande Claude.

— Je t'attends à la voiture.
Il l'a tutoyée.

— Il faut qu'on se parle, Sol. Tu as vu notre James? Il est beau, hein! Pour moi, c'est encore un inconnu. Et il le restera peut-être toujours, je ne sais pas. Il n'est pas obligé de m'adopter. Il a déjà eu une mère, pas sûre qu'il ait envie de s'en coltiner une deuxième. On peut le comprendre, il est échaudé. Écorché même. Lui et moi, on s'est rencontrés il y a trois jours. Ça a commencé comme un vaudeville... mais ça a rapidement tourné au drame shakespearien. Sauf que ce n'est pas le destin qui nous a réunis. C'est la colère. *Sa* colère. Il prétend que tu lui as fait la vie dure, et que dans le fond, tu ne l'as jamais aim... Solange, ce n'est pas toi, ça! Dans l'histoire qu'il m'a racontée, je ne t'ai pas reconnue. Cette femme distante et rigide qu'il m'a décrite n'est pas Solange. Dis-moi que ça n'est pas vrai.

Un homme et ses deux filles, jeunes, huit ou neuf ans peut-être, entrent dans le cimetière. La plus petite tient un bouquet de fleurs de toutes les couleurs qu'elle a dû confectionner elle-même. Elle le dépose sur un cube blanc que surmonte une colombe.

Claude s'assoit sur la tombe et pose une main à plat sur le granit, comme si elle voulait sentir battre le cœur de Solange. La pierre est poussiéreuse, chargée de la chaleur de la journée, granuleuse aussi. Les choses sont toujours moins lisses qu'il n'y paraît quand on s'en approche.

— Je t'en veux! On avait un accord, toi et moi, tu te souviens? Bien sûr que tu te souviens, tu n'oublies jamais rien. C'est peut-être ça le problème en fait, tu as toujours été incapable d'oublier quoi que ce soit. C'est pour ça que tu ne lui as rien laissé passer, à James, parce qu'il te rappelait notre histoire? Moi, j'ai respecté notre accord, et Dieu sait que ça m'a coûté. Mille fois j'ai été tentée de traverser la France, de venir vous faire coucou, de vous surprendre un samedi soir, comme une vieille amie qui passe à l'improviste. Mille fois j'ai renoncé. Quelle idiote! Je te faisais confiance. J'étais sûre que tu ferais ta part, que tu ne flancherais jamais, toi l'idéaliste, toi la sage. Alors je m'interdisais le moindre écart. Je me disais: «Sois forte, Claude, tu as un fils mais tu n'as pas le droit de savoir ce qu'il devient, ne va pas fourrer ton nez dans sa vie. Laisse-le devenir quelqu'un d'autre. Résiste. Ne déçois pas Solange.» Tu parles!

Claude détourne la tête un instant pour reprendre son souffle et sentir sur ses joues la brise estivale qui tournoie entre les quatre murs du cimetière. Les deux petites filles jouent avec des cailloux, elles comparent le bruit que font les roches qu'on lance sur le marbre. Leur père ne dit rien, il semble prier, et ce bonheur enfantin fait sans doute partie de son chapelet.

— Ça me fait tout drôle de me retrouver dans ce patelin. Notre village. On était arrivées par la même route, exactement. L'autocar nous avait déposées en face de l'hôtel du Commerce, où on a dormi la première nuit. Tu me faisais passer pour ta sœur et il fallait que je me pince pour ne pas rire chaque fois que tu racontais ton bobard. Deux folles! Quand tu as dit que tu adopterais James, ça sous-entendait que tu l'aimerais comme ton propre fils, n'est-ce pas? Je ne l'ai pas rêvé ce bout-là, hein? Il me semble que c'était évident. C'était notre enfant, Solange. Je me sens... trahie. Solange, tu nous as trahis.

Claude caresse la pierre. Puis son poing se crispe et frappe le granit.

— J'ai toujours eu des remords sur tout ce qui s'était passé, mais jamais de regrets. Je savais que vous alliez bien, que tu ferais de James un homme libre, pas l'esclave d'un passé dont il n'est pas responsable. Visiblement, j'avais tort. Et j'arrive aujourd'hui dans ce village, cinquante ans plus tard, cinquante ans trop tard... Pourquoi tu as fait ça, Sol? Pourquoi?

Ils prennent le petit-déjeuner en silence. Un silence très relatif. La salle à manger de l'hôtel du Commerce est aussi le bar-tabac-restaurant du village, le seul à des kilomètres. La musique déjà tonitruante malgré l'heure matinale, les sifflements de la machine à espresso, le fouillis des conversations et le ballet des fumeurs qui entrent acheter leur carburant pour la journée n'en font pas un lieu particulièrement intime, mais qu'importe, c'est dimanche, c'est jour de marché, on se serre la main, on raconte sa semaine, on rigole.

Même le curé vient faire son tour et prendre un café avant sa messe. Il s'accoude au comptoir et parcourt la salle des yeux comme s'il était en chaire, à la recherche de brebis égarées à ramener dans le troupeau. Il s'attarde sur la table de Claude et James, leur sourit et finit par s'approcher, sa tasse à la main.

— Des visiteurs à Malcourt, c'est rare ! Vous venez pour la grand-messe du dimanche, n'est-ce pas ? Mais attendez, dit-il en s'adressant à James, votre visage me dit quelque chose. Vous êtes du coin ?

— Non. Enfin, un peu... Je suis le fils de madame Becker.

— Madame Becker... Madame Becker... Ah oui ! Solange ! Je me disais aussi que je vous avais déjà vu. L'enterrement, forcément. Elle nous manque, vous savez. Et vous êtes...? ajoute-t-il en se tournant vers Claude.

— Je suis... sa sœur ! improvise Claude le plus naturellement du monde.

James croque dans son croissant pour ne pas pouffer. Ce matin, les relents du passé ont un savoureux goût de beurre fermier.

— Je ne savais pas qu'elle avait une sœur... Enfin, elle a dû m'en parler, mais j'ai certainement oublié. Vous savez, avec trois paroisses à animer, ce n'est pas facile de se souvenir de tout. Allez, je vous laisse, je dois fignoler mon homélie...

Puis il se retourne et lance à la ronde:

— Oyez! Oyez! Parpaillots! La messe est à onze heures... je vous y attends. Et pas le droit de vous soûler avant!

Il sort sous les applaudissements amusés de quelques habitués de ces pré-prêches du dimanche.

— Montre-moi la maison où tu as grandi, demande Claude.

— Montre-moi la maison où vous avez vécu, demande James.

Chacun cherche dans la vie de l'autre les réponses à ses propres questions.

James a vendu la maison de Solange quelques mois après les obsèques. Un couple de trentenaires de Bar-le-Duc voulait faire le saut dans la vie bobo-rurale pour l'arrivée d'un premier enfant, il était tombé sous le charme du décor suranné et de la propreté rassurante de la demeure. Demont avait géré la transaction à distance, s'étonnant — une fois de plus — que l'héritier ne conserve absolument rien de ce qu'elle contenait, pas même un bibelot.

En passant devant les grilles du portail, James et Claude entendent un bébé qui pleure.

— Penser qu'un autre enfant va grandir ici me fait froid dans le dos, murmure James en s'accrochant aux montants de fer forgé comme aux barreaux d'une prison. Je déteste cet endroit.

— Tu n'as pas toujours habité ici. Viens, suis-moi maintenant, je t'emmène à ta première maison. Tu ne peux pas te rappeler, mais elle, elle se souvient sûrement de toi.

Ils reviennent vers la rue principale et l'empruntent vers le nord. Passé le monument aux morts, il n'y a plus de trottoir et la rue redevient une route départementale avec ses lignes blanches, ses grands arbres et ses panneaux publicitaires pour le supermarché à cinq minutes ou le garage Peugeot à cinq kilomètres. Cela rassure les gens d'être en pleine campagne mais proches de tout, à cinq minutes de la vie, à cinq kilomètres du bonheur.

À la sortie du village, Claude prend à droite sur une allée de terre juste assez large pour une voiture. Mais il n'y a pas de voiture. L'endroit est désert et, si l'on se fie aux pancartes plantées devant l'entrée, condamné à la démolition. C'est une bicoque en pierre envahie par la mousse, le lierre et le temps, l'image d'Épinal d'un gîte rural sur lequel la nature aurait repris ses droits.

— Alors c'est ici! lance James. C'est sauvage et très... isolé.

— Oui, et c'est exactement ce que nous cherchions. Solange était la nouvelle maîtresse d'école du village, elle ne pouvait se permettre d'afficher aux yeux de tous la situation embarrassante dans laquelle nous nous trouvions.

— C'était moi, l'embarras? plaisante James.

— Non non, je te rassure, je tenais très bien ce rôle toute seule. Une vraie championne du monde. Bon, j'avoue que la végétation était moins dense à l'époque, on voyait la route depuis la cuisine. C'est fou ce que ça a poussé, une vraie forêt vierge. Pour le reste, rien n'a changé. Cette bicoque a toujours eu l'air d'être à deux doigts de s'écrouler, mais elle tient bon. D'ailleurs, je me demande si...

Elle écarte du pied des branches mortes et des ronces qui ont envahi le portique, s'approche de la porte et appuie sur la poignée, sans succès, ressaye plusieurs fois, rapidement, insiste, s'obstine, mais la serrure ne cède pas.

— Tu pensais vraiment pouvoir entrer comme ça, comme si tu étais partie hier? demande James, un peu halluciné par la naïveté de Claude.

Dans ses yeux s'installe le doute. Est-ce que ce voyage dans le temps n'est pas en train de faire perdre les pédales à cette grand-mère? On a tous ce réflexe: chaque fois qu'un vieux fait quelque chose d'irrationnel, on le soupçonne de sénilité. À partir de quel âge l'extravagance passe-t-elle pour de la démence aux yeux des autres?

Claude a perçu le sarcasme dans le ton de son fils. Il y a encore une partie de lui qui ne la croit pas, elle le sait. Ça la blesse terriblement, mais elle n'en montre rien. Elle fait un pas sur le côté, ramasse une brindille par terre et s'en sert pour enlever les toiles d'araignées et les feuilles mortes qui obstruent une petite niche à droite de la porte. James y distingue une cloche qui devait servir de carillon. La main de Claude plonge dans la niche, farfouille quelques instants et en ressort avec une clé.

— Je te le disais, rien n'a changé. Si ça se trouve, nous avons été les dernières locataires.

Sans s'appesantir sur sa victoire, elle glisse la clé dans la serrure, force un peu et ouvre la porte.

— Pourquoi je me sens comme dans un film d'Indiana Jones? demande James en la suivant à l'intérieur.

— Bienvenue dans le temple maudit, plaisante Claude en retour.

La maison est sombre, incroyablement fraîche malgré la chaleur du dehors, mais pas humide. Claude épargne à son fils la visite guidée en bonne et due forme, elle évite les anecdotes et laisse la maison parler à sa place. Ils déambulent lentement, presque hagards, dans les deux pièces en enfilade du bas, puis dans l'unique chambre du haut. La plupart des meubles sont encore là, certains protégés d'une housse, d'autres non, recouverts d'une soyeuse pellicule de poussière.

— Comme c'est étrange, dit Claude en tournant sur elle-même dans la chambre mansardée. Le décor est intact. Parfaitement intact, comme si... Comme si quelqu'un l'avait soigneusement entretenu. C'est presque impossible, ça fait un demi-siècle.

— La maison n'est plus habitée, mais elle n'est peut-être pas abandonnée. Elle doit avoir un propriétaire qui y vient de temps en temps ou un gardien qui s'en occupe.

Claude s'assoit sur le lit, s'allonge et tend le bras vers la fenêtre. Le passé est si palpable qu'elle s'attend à toucher Solange: Solange adossée à un épais oreiller de plumes, Solange qui corrige les dictées de ses jeunes élèves, Solange qui éteint la lampe de chevet, Solange qui cherche une position dans le lit, Solange qui lui souhaite bonne nuit avec une infinie douceur. À force de jouer aux sœurs, elles ont fini par le devenir. Sœurs et bonnes sœurs.

James s'assoit aux côtés de Claude, la questionne des yeux.

— Tu dormais ici, avec nous. Le berceau était là, dans le coin à droite de l'armoire. Solange a dû l'emporter lorsque vous avez déménagé. On l'avait acheté à Verdun, des carreaux bleus et blancs. C'est la seule chose qui nous appartenait ici. Ça et notre histoire.

— Combien de temps j'ai vécu ici?

— J'ignore quand vous avez quitté cet endroit. Mais ce que je sais, c'est que durant les deux premiers mois de ta vie, ici, tu as été aimé, et plutôt deux fois qu'une.

— Mais tu devais partir.

— Solange s'occupait beaucoup de toi. Elle s'improvisait mère avec application, ça m'a donné le courage de vous laisser.

— Elle savait convaincre...

— C'est facile d'accuser les morts, James.

Elle se tourne vers la fenêtre et James entend qu'elle pleure. Il quitte la pièce et redescend l'escalier. Ils se sont laissé piéger par la mécanique du passé.

Lorsqu'elle le rejoint, quinze ou vingt minutes se sont écoulées, peut-être plus, il est assis à la table de la cuisine et examine à la lueur de son portable un carnet gris au papier ligné et jauni. Il est concentré, l'air est pesant autour de lui, le tiroir de la table est grand ouvert. À haute voix, il commence à lire.

« 15 avril 1971
Elle est partie ce matin. Nous avons marché ensemble jusqu'à l'arrêt d'autocar.
Tandis que je l'embrassais, elle m'a glissé un étrange « Je vous aime » dans le creux de l'oreille. J'ai cru qu'elle se moquait de moi et me vouvoyait, comme lorsque j'étais encore sa professeure. Et puis je me suis souvenue qu'il y avait le petit. »

« 15 avril 1972
Cela fait un an.
Je lui ai écrit, chez ses parents, pour l'informer que j'avais déménagé.
Des siècles de littérature tentent de nous persuader que le temps finit toujours par arranger les choses. C'est faux! Je pleure encore. C'est peut-être à cause du petit que la plaie ne se referme pas. »

« 15 avril 1973
Souvent, je rêve qu'on sonne à la porte, et qu'en ouvrant, je tombe sur elle.
On aurait pu poursuivre notre vie à trois si je n'avais pas eu honte de mes sentiments. J'ai plutôt pris le parti des apparences et de la morale. Que Baldwin me pardonne.
Je n'ai pas eu le courage de garder Claude à mes côtés, juste son petit. Quelle lâcheté. Cette adoption est une mascarade. »

Les mots sont lourds et s'écrasent sur le sol de la cuisine avec fracas. James fait une pause et lève les yeux vers Claude. Elle est pétrifiée. D'un mouvement des doigts, comme si elle tournait la page d'un livre imaginaire, elle lui intime de poursuivre. Lui renâcle un peu, il en a assez entendu, mais elle insiste, alors il égrène les années comme les perles d'un chapelet, accélérant lorsque Solange parle de l'école ou du village, et haussant la voix lorsqu'il est question de Claude ou de lui.

> *« Il a les mêmes yeux qu'elle, c'en est troublant. Je m'enferme parfois durant des heures dans le salon pour ne plus le voir... Chaque fois que j'entends le portail couiner, j'espère que c'est elle qui rentre à la maison. Mais ce n'est que le petit qui revient du foot. Quelle déception. »*
> *« Le petit a onze ans. Je me demande ce que serait ma vie s'il n'était pas là. »*
> *« Parfois, lorsque je vais à Bar-le-Duc, je croise le regard d'autres femmes. »*

— Ça s'arrête là, il n'y a plus rien ensuite, dit James en tendant le carnet à Claude, comme s'il lui appartenait.

Elle s'en empare, contemple la couverture rigide et neutre, le feuillette, fait défiler en accéléré les chroniques du 15 avril que James vient de lire. Et puis elle s'arrête sur une page en plein milieu du carnet.

— Tu as oublié celle-là, regarde! Un an avant sa mort. Mais il n'y a que la date, le reste de la page est blanc. Elle est donc revenue ici pour écrire mais n'a pas pu le faire, ou n'a pas voulu le faire. Si ça se trouve, elle venait régulièrement.

— C'est pour ça que tout nous paraît presque propre aujourd'hui. Quelle folle! Tu as remarqué qu'elle ne mentionne jamais mon nom?

— On disait ça à l'époque, le petit. C'était affectueux.

— Vous m'avez appelé James. Cinq lettres! C'est si compliqué à écrire? En fait, elle était juste très amoureuse de toi, mais honteuse de l'être. Elle m'a utilisé comme une excuse, comme un rempart pour s'empêcher de... de...

— On ne le sait pas, James, tu extrapoles.

— Elle n'a cessé de penser à toi, à la vie que vous auriez pu mener si... Je n'existais que dans cette relation avec toi, à trois. Dès que tu es partie, je n'ai plus été qu'un objet encombrant et un fer dans la plaie.

— Solange et moi n'avons jamais parlé d'amour. On pouvait passer des heures à débattre de l'amour dans les bouquins, mais on ne parlait jamais de nous, ça n'existait pas, tu comprends. C'était l'époque aussi, on était pudiques. Et puis ce non-dit nous allait bien. Il me va encore... Tout ce déballage de sentiments, devant toi, c'est indécent, non? Nous étions jeunes, comment aurions-nous pu savoir si ce que nous vivions était... Je suis partie en me berçant de l'illusion que c'était une belle amitié, Solange est restée en se persuadant qu'elle était amoureuse. Finalement, tout cela n'est qu'un grand...

— ... malentendu. C'est le mot que tu cherches?

James éteint la lumière de son téléphone, l'obscurité de la maison leur tombe soudain sur les épaules.

— On ne saura rien de toutes ces années où elle n'a pas écrit, remarque Claude.

— Si ce n'est qu'elle pensait encore à toi quelques mois avant sa mort, qu'elle avait un penchant pour les femmes et...

— ... et qu'elle avait fait de cette maison son jardin secret.

— Si ça se trouve, lance James en rigolant, elle a eu plein d'amantes qu'elle emmenait ici pour leur conter fleurette.

— Tais-toi, tu dis n'importe quoi!

— Non, au contraire, imagine. Tu gardes le souvenir d'une intellectuelle moderne? Moi celui d'une mère supérieure. Mais dans le fond, elle n'était peut-être qu'une femme dépravée qui, sous le couvert d'un statut social inattaquable — enseignante — menait une vie de débauche.

Cette idée excite James, qui se lève de sa chaise et poursuit son délire projectif.

— Sous des allures de maîtresse revêche, elle coinçait plein de jeunes filles rêveuses dans son piège à nanas. Les réunions de parents qui la retenaient souvent le soir après l'école n'étaient peut-être que des rendez-vous galants, ici même, dans votre petit nid douillet, qu'elle entretenait avec amours... au pluriel.

Il parle fort, rit fort, comme s'il était sous l'emprise de l'alcool ou d'un sérum de vérité qui le rendrait cruel.

— Quand elle s'absentait pour une journée en ville, comme elle disait, elle allait sans doute dans des clubs pour femmes assouvir ses besoins de chair fraîche. Ou bien elle retournait à Paris, faire la sortie des lycées, à la recherche d'une nouvelle Claude. Oh oui, tu lui manquais, mais en attendant ton retour, elle chassait des substituts, à la pelle, allez hop, suivante, *next*!

Il va et vient dans la cuisine, ouvre les placards et les tiroirs en divaguant, les referme avec plus de violence encore que ses mots n'en portent déjà.

— Et en rentrant le soir à la maison, elle se glissait dans son costume de maîtresse-femme et exigeait de son fils la discipline qu'elle était incapable de s'imposer à elle-même. Dans cette double vie, j'étais à la fois le fruit de sa dépravation et le gardien de prison qui l'éloignait du crime et la protégeait d'elle-même. Un double objet de dégoût.

Il se poste devant la fenêtre dont les vitres sont blanchies par le temps et les toiles d'araignées.

— Viens, partons, rentrons à l'hôtel, demande Claude.

En fait, elle supplie plus qu'elle ne demande, et James perçoit dans sa voix une fissure, un étranglement qui étouffe chaque mot. Quelque chose ne va pas et il n'a que le temps de tendre les bras pour retenir Claude alors qu'elle vacille et s'écroule.

Il l'a crue morte et c'est un peu normal. Une dame de son âge qui s'effondre en plein drame familial, ça sent la crise cardiaque et l'extrême-onction. «En fait, ce n'est qu'un petit AVC», lui confirme l'urgentiste de l'hôpital de Verdun. «Heureusement que vous avez réagi vite», ajoute-t-il pour le rassurer. James se revoit paniquer dans la maison à l'orée du village, en train de taper le 911 sur son téléphone pour appeler l'ambulance. Il lui a fallu deux minutes pour se rappeler que le 911, c'est américain.

— Ça va? demande-t-il à Claude lorsqu'elle revient dans sa chambre après toute une batterie d'examens.

— La bouche pâteuse, c'est tout. Désolée pour la frayeur.

— Désolé pour mon dérapage, j'ai perdu les pédales. Je ne voulais pas être méchant.

— Il fallait que ça sorte, j'imagine. On a gardé trop de choses enfouies, trop longtemps. L'abcès est crevé. Maintenant, il faut penser à guérir, James.

— J'ai contacté ta fille, elle arrivera demain matin.

— Tu as trouvé son numéro?

— Je suis passé par Instagram et tes petits-enfants.

— Alors tout le monde est au courant.

— Ils l'étaient déjà, n'est-ce pas? plaisante James.

— Que tu existes, oui. Mais pas que j'ai un pied dans la tombe.

— Ce n'est qu'un petit incident. Tu vas rentrer à Saint-Palais, reprendre ta vie, et il n'y paraîtra plus... D'ailleurs, moi aussi je dois rentrer. On m'attend de pied ferme à San Francisco.

— Je comprends, il est temps de refermer le caveau de famille.

Allongée sur le lit aux épais montants chromés, encore un peu pâlotte dans sa jaquette d'hôpital, Claude a l'air soucieuse. Elle ferme les paupières, ses lèvres tremblent très légèrement, comme si elle demandait quelque chose en chuchotant. James devine sa prière.

— Repose-toi, et surtout ne t'en fais pas: on va se revoir!

— Je ne peux pas croire que vous allez vous rencontrer ici, ta sœur et toi, dans cette chambre sordide. Ça devrait être une fête joyeuse, pas un enterrement!

21

San Francisco

Claire a eu l'idée d'organiser une petite réunion de famille avant le vernissage de l'exposition. James a insisté pour ce soit chez lui, dans l'intimité de cet appartement de Beaver Street qui l'a enfanté en tant qu'artiste, qui l'a vu rugir, mugir, douter, pleurer et jouir, pas nécessairement dans cet ordre.

 Des verres à vin sont sortis sur la table, à côté d'un cake aux olives encore tiède, d'assiettes de charcuterie et de fromages, de légumes coupés, d'une trempette maison au sésame, d'une coupe de raisins rouges et de grignotines salées. Dans la cuisine, Claude surveille le four et les mini-quiches lorraines qu'elle a préparées dans l'après-midi. « Elles ne gonflent pas comme d'habitude, ça doit être cette crème fraîche. Si j'avais su, j'aurais apporté la mienne...» Les Français ont un sens de l'honneur très gastronomique.

James sort de la chambre en pantalon beige et chemise bleu ciel.

— Et comme ça, j'ai l'air de quoi? demande-t-il à la ronde.

Claire et Claude l'examinent des pieds à la tête et se consultent du coin de l'œil.

— Moui, c'est pas mal, mais il y a un petit côté touriste, plaisante Claire.

— Touriste américain à Saint-Palais, ajoute Claude.

Elles pouffent de rire. Il fait mine de s'offusquer, se plante devant le miroir de la salle de bains, se jauge, bougonne dans sa barbe avant de retourner dans sa chambre se changer pour la quatrième fois.

— C'est une conspiration, ricane-t-il avant de fermer la porte.

— Qui conspire contre qui? demande Iris, qui fait son apparition en haut de l'escalier.

— Le bon goût vestimentaire versus James, répond Claire, qui vient à sa rencontre et la décharge d'un gâteau aux carottes.

— Hum, ça sonne comme un arrêt de la Cour suprême.

— Et c'est suprêmement drôle! Viens nous rejoindre dans la cuisine pour la suite du défilé. John n'est pas là?

— Au spectacle de danse de sa fille, il nous rejoindra à l'expo.

— Iris! Quel plaisir de vous revoir, l'accueille Claude avec deux bises bruyantes et les mains dans les airs, pour ne pas la tacher. J'ai toutes les peines du monde avec cette crème fraîche!

— Pas étonnant, c'est de la crème sure! Mais ça sent tellement bon que ça vaut pas la peine de vous en faire, ça va être délicieux.

— Tadam!

James sort de la chambre en empruntant la démarche des mannequins sur le *catwalk*. Jeans bleu foncé, marinière, baskets blanches. Il tourne sur lui-même devant le comptoir de la cuisine, salue les trois femmes qui complotent devant les quiches, et repart en chaloupant comme s'il était monté sur des stilettos. Elles applaudissent en cœur et crient des «Bravissimo!», des «Sublime!» et des «Encore!».

— Arrêtez les flashes! Dites, on ne se servirait pas un petit verre de vin? Ça fera venir Alison. Il est quelle heure, là? Mais qu'est-ce qu'elle fait?

— Tout va bien, le rassure Claire en l'embrassant. On est dans les temps, James, ne t'inquiète pas. Alison m'a texté il y a dix minutes, elle arrive. Elle venait du sud, si j'ai bien compris... Elle doit être bloquée dans la circulation.

— Du sud ? Mais qu'est-ce qu'elle fout dans le sud de la ville ? Le jour de l'expo ! Excuse-moi, je suis nerveux.

Iris tend un verre de chardonnay à James, et lui intime du regard d'en prendre une grande gorgée.

Ce n'est pas sa première exposition. Des solos, des collectifs, des ponts, il en a déjà fait des dizaines. Il est rompu à l'exercice, au trac du vernissage et aux sous-entendus vicieux des critiques. Mais sous le nom d'artiste That Red Pen, jamais. L'éditeur des guides sera là, les principaux médias aussi, ceux qui l'ont décrié, ceux qui l'ont encensé, les influenceurs, Sam et sa bande de directeurs artistiques, ses ex-colocs de l'atelier, des collectionneurs, des fans anonymes et des détraqués comme les Peterson. De quel projet infâme vont-ils bien l'entretenir cette fois-ci ? La seule idée de les revoir lui glace le sang.

— Putain que c'est haut, escalier à la con ! Ascenseur ! Ascenseur ! Quelqu'un peut appeler l'ascenseur ? Y a quelqu'un ?

Impossible de rater l'entrée d'Alison, son pas insistant, son souffle rauque et le cliquetis de ses bijoux. James l'attend en haut des marches, les bras croisés.

— Au lieu de me regarder crever, va me chercher un verre de fort pour me remettre !

Une fois son Everest atteint, elle s'arrête, s'appuie sur le pignon de la balustrade et reprend ses esprits. James revient avec une coupe de vin.

— C'est ça que t'appelles du fort, blaireau! Et pourquoi pas une camomille tant qu'on y est? Dis-moi, c'est quoi cette horreur sur le mur, poursuit-elle en désignant du menton un pont rose dont James a accroché un tirage vertical dans l'entrée, seule touche de couleur dans l'alignement de photos en noir et blanc.

— Tu ne reconnais pas? J'ai pris la photo il y a un petit moment déjà. C'est le Tappan Zee Bridge sur l'Hudson River, illuminé en rose pour célébrer la nouvelle loi favorable aux pro-choix dans l'État de New York.

— Ça reste un foutu pont. Enfin, je m'en tamponne, y en a pas dans ton expo, c'est le principal. Et ça, pour moi, c'est une victoire, mon grand. T'es enfin sorti de ta période métal, on va pouvoir passer au disco. Au fait, y a deux paquets pour toi dans la limo, descends les chercher, je veux épargner le vieux chauffeur.

Et là, elle se met à compter: 10, 9, 8, 7... À 4, des cris euphoriques lui proviennent de la rue. «Bingo!», lâche-t-elle en vidant son verre cul sec. Au fond d'elle-même, très très au fond, elle est presque aussi fière de son coup que d'avoir monté l'exposition *That Red Pen*.

Elle rejoint les autres dans la cuisine. Claire lui saute au cou et lui présente Claude.

— C'est donc vous, la deuxième mère! Quant à moi, vous êtes aussi sa deuxième chance. Vous nous l'avez ramené à la vie, notre James. Allez, dans mes bras!

Claire n'en revient pas de cet élan d'affection chez une femme d'affaires qui dégaine ses clauses de contrat plus facilement que ses sentiments. Iris observe la scène de loin et esquisse un sourire. Elle passe devant Claire et lui chuchote:

— C'est moi où ça fait beaucoup de mamans au pied carré?

— Ça dépend si tu t'inclus dans le lot, répond-elle à la blague.

Elles se donnent un coup de fesse complice, ravies de voir Claude et Alison s'apprivoiser, se parler, s'adopter. Deux personnalités si différentes, une grand-mère gâteau et une vieille routière du business, une femme de cœur qui parle de ses petits-enfants comme de prodiges et une femme de chiffres qui protège ses prodiges comme ses petits-enfants.

Un troupeau d'hommes excités déboule dans le couloir puis dans la cuisine.

— Regardez qui est là!

James est au comble de l'extase.

Il est suivi de Nathan et de Wolfgang, tout juste débarqués de Berlin. Leur arrivée provoque une vague de cris et d'applaudissements.

— Tu étais au courant, n'est-ce pas? demande James à Claire au milieu des embrassades.

— Je sais que Nath te manque. On voulait te faire la surprise.

— Cachottière!

— Allez, on trinque, répond-elle en levant son verre pour rassembler les troupes autour d'eux. Tout le monde a un verre? À toi, mon amour!

— À l'art engagé, renchérit Iris.

— À ton talent... et à ta mauvaise foi, ajoute Nathan.

— Au succès de l'expo! J'espère qu'elle viendra à Berlin, poursuit Wolfgang.

— À mon fils, exulte Claude en couvrant James d'un regard scintillant de fierté et d'amour.

Mais ce qu'elle aperçoit sur le visage de ce fils retrouvé et reconquis, à travers les bulles de champagne qui remontent furtivement vers la surface de sa flûte, c'est la panique.

— Alison, crie James en se précipitant vers son agente. Alison, ça va?

Non, Alison ne va pas très bien. Elle se tient la gorge, gesticule dans un sens puis dans l'autre, émet des grognements qu'on pourrait croire naturels si elle n'était pas aussi rouge. Elle tangue, chancelle et menace de s'écrouler.

— C'est le cœur. Il faut l'allonger. Elle dit toujours qu'elle a le cœur fragile, jappe James. Alison, Alison tu m'entends? Claire, fais le 911.

Tout cela lui rappelle des souvenirs. Le malaise, l'ambulance, l'hôpital, il a l'impression d'avoir déjà joué dans ce film. Pourquoi la télécommande de sa vie est-elle toujours bloquée sur la section «Drame familial»?

— Non non, intervient Iris très sûre d'elle, elle est en train de s'étouffer. Elle se place derrière Alison et commence la manœuvre de Heimlich.

— Ma quiche! se lamente Claude, c'est la quiche qui ne passe pas. Je le savais, cette cochonnerie de fausse crème fraîche. Alison, respirez! Iris, vous savez ce que vous faites?

Iris fait ce qu'elle peut, de toutes ses forces. Ses cours de secourisme datent un peu, elle déplace son poing de quelques millimètres à chaque secousse, pour être certaine de bien viser le creux de l'estomac. Elle ne peut pas échouer, pas maintenant, c'est sa mission, sauver les autres. Mais à part les quatre ou cinq rangs de colliers, les perles et les breloques, elle ne sent rien qui bouge sous ses mains, rien qui débloque, juste le corps d'Alison qui ramollit.

— Merde, merde, merde, grommelle-t-elle entre ses dents. Lâche pas ma belle, l'ambulance est en route, accroche-toi.

— D'après Google, il faut commencer à réanimer si ça ne fonctionne pas, suggère Claire.

— Alors réanimons, décide Iris en faisant signe à James de l'aider à déposer Alison sur le plancher.

— On peut faire une trachéo aussi, lance Nathan, un trou dans la gorge avec une paille...

— Ou un crayon, coupe Wolfgang qui s'emballe, j'ai vu ça dans un film. T'as un crayon, James?

L'espace d'une seconde, un ange passe, à moins que ça ne soit un démon, avec *That_Red_Pen* tatoué sur les fesses.

— Mais lâchez-moi avec les crayons, nom de Dieu. Ce n'est pas le moment. Vous ne voyez pas qu'elle est en train de mourir?

— De toute façon, la trachéotomie artisanale, c'est un mythe, tranche Iris entre deux poussées sur le thorax d'Alison.

Lorsque les secours arrivent, la Queen a les lèvres bleues. Claire insiste pour l'accompagner dans l'ambulance afin que James puisse se rendre à l'exposition dont il est la vedette.

— Hors de question. Je veux être avec elle. Allez-y, à cette expo à la noix, allez-y tous. Expliquez-leur ce qui se passe. Dites-leur que le crayon rouge est une histoire qui finit mal.

— Mais non, James chéri, elle va s'en sortir, c'est une dure à cuire.

C'est sûr qu'Alison en a vu d'autres. Des vertes et des pas mûres, des rouges aussi, grâce à lui, James, son poulain français. Pas le plus commode de l'écurie, mais le plus rentable. Et certainement le plus imprévisible. Il l'entend râler d'ici, avec l'insolence blasée d'une vieille rockeuse qui a déjà fait trois tournées d'adieu: *Et voilà, je suis en train de casser ma pipe. T'es content de toi, mon canard? Tu m'as rien épargné depuis deux ans, alors forcément, ça coince et ça pète. Je t'en veux pas, mais ça m'emmerde, partir juste avant ton couronnement, affalée comme une baleine sur une civière. En plus, j'ai même pas pu goûter au champagne. Ben fais quelque chose, grand mollasson, sers-moi un verre. Un grand, hein, pas un truc de nain.*

Elle non plus ne lui aura rien épargné. Les invectives, les menaces, la pression, les mots qui claquent. Qui dit encore «nain» aujourd'hui? Oui, il a tout entendu d'elle. Tout sauf le silence.

Il a beau y avoir les sirènes qui hurlent, et le moteur qui vrombit, et les ambulanciers qui s'activent, le seul son que James perçoit en ce moment, c'est ce silence.

— C'est rare que tu me laisses parler, Alison. C'est gentil, mais je ne suis pas certain d'aimer ça. J'ai l'impression de jouer au ping-pong tout seul. Sans le pong, ça fait juste ping ping ping, c'est triste.

D'habitude, c'est moi qui suis KO et toi qui me ramasses. Aujourd'hui, on inverse les rôles. J'imagine que ça me donne le droit de t'appeler ma lapine. Ou ma biquette? Un truc de la basse-cour ou de la ferme, comme tu les aimes. Faudra que tu m'expliques d'où ça vient ces petits noms. Arkansas? Montana? Je ne t'ai jamais posé de questions. Je le regrette, on a tous une histoire à raconter.

T'as entendu Claude tout à l'heure avec sa quiche? La pauvre. Elle se sent toujours coupable, comme Solange. C'était vraiment leur destin à ces deux-là. Toi et moi, on sait très bien que ce n'est pas la quiche lorraine que tu as en travers de la gorge. C'est le crayon rouge. Depuis le début.

Arrête de résister, laisse-le glisser, et reste avec nous. Reste avec moi. C'est toi qui as fait ce que je suis... Non ne dis rien, je sais ce que tu penses: un petit con, un fumiste, une starlette, une diva. Moi aussi je t'aime.

Claire me texte. Elle demande de tes nouvelles. Je lui dis que je t'ai déjà vue plus gaillarde? Que les bips sur le moniteur ont plus le rythme d'une marche funèbre que d'un tango? Alison, attends encore un peu s'il te plaît, on n'a pas fini de danser.

Par la lucarne, je viens de voir passer un panneau publicitaire qui fait la promo de l'expo. C'est toi qui as lancé une campagne? Je n'ai jamais vu mon crayon rouge aussi gros. Gros comme grotesque. C'est cocasse quand même que ni toi ni moi ne soyons au vernissage. On va se faire démolir. Toi tu t'en fous, plus ça vocifère dans les médias, plus les prix grimpent. Je me suis même demandé si ce n'est pas toi qui mettais le feu aux poudres parfois.

C'est si calme tout à coup. Ils ont éteint les sirènes alors qu'on n'est même pas arrivés à l'hôpital. Je n'entends plus les bips. On vient d'être catapultés dans un film muet ou quoi? Manquerait plus qu'on passe en noir et blanc. Ta main est glaciale, je vais leur demander de mettre du chauffage. Arrête de me regarder fixement comme ça, ça me fait peur. Je vais te fermer les yeux, tout doucement, tu ne sentiras rien. Si je te dis ce qui me passe par la tête, tu vas hurler. Remarque, ça te ressusciterait peut-être, je risque quoi? Finalement, t'as juste besoin d'un électrochoc pour cracher le morceau. Tu veux savoir? Je te regarde, là, allongée, débranchée, avec ta belle robe qu'ils ont découpée, des lambeaux de crêpe de Chine, des lambeaux de vie, sans bijoux, sans maquillage, ça fait nu, trop nu pour être vrai. Trop nu pour être toi... Attends une seconde.

Excusez-moi monsieur, vous auriez un stylo?

Oui, noir, c'est bien.

Remerciements

L'écriture est une solitude, mais une solitude apprivoisée. Pour leurs encouragements, leurs conseils, et leur infinie patience, merci

à David Sénéchal, mon éditeur, dont le crayon rouge a toujours été bienveillant envers James et sa bande;

à mon fils Brandon, qui a tenu sa promesse;

à mes tout premiers lecteurs et correcteurs, Patrick et Sandrine Jacquemin, Anne-Marie Savoie et Yvan Guay, Lyne Rodier et Fred Palica, Pascale Lassagne et Philippe Julien, Sandra Gazel et Sacha Declomesnil, Isabelle Perras, Anne Thomas, Patricia Michel, Florence Ronco-Desbois;

à mes parents Jean-Louis et Anne-Marie, ainsi qu'à tout le clan Ulrich, Florence et Mark, Bruno et Emmanuelle, Max, Frédéric, Marie-Claire, Félix, Julian, Laure et Julien. Je les nomme tous parce qu'on est comme ça dans la famille, un pour tous, tous pour un, selon une maxime connue;

et, bien sûr, à Frédéric Chano.

Ce livre a été achevé d'imprimer en mars 2023
sur les presses de l'imprimerie Marquis.